www.einaudi.it

ISBN 978-88-06-25903-7

Greta Olivo

Spilli

Einaudi

a mio fratello

Spilli

[...] a un certo punto ha perso un'infradito
e siamo dovuti tornare sui nostri passi al buio,
il che suppongo sia il senso della vita.

MIRIAM TOEWS, *I miei piccoli dispiaceri.*

Prima parte

La notte delle tartarughe

Prologo

Per prima se n'è accorta mia madre. Una mattina mi aveva preso in braccio e si era avvicinata alla finestra della mansarda in cui abitavamo.

– Lí –. Indicava un punto dall'altra parte della strada. – Che c'è scritto?

«Non gliel'ha insegnato nessuno», diceva alla vicina di casa, al tabaccaio, alle amiche che venivano a prendere il tè. «Sa già leggere, è una dote naturale».

Apriva una rivista a caso sul tavolo da pranzo, mi incoraggiava con un sorriso, «dimmi un po' che dice qui». E io iniziavo a leggere con il dito premuto sulla pagina per tenere il segno, prima lentamente, poi ci prendevo gusto e andavo dritta, incespicando solo sulle parole piú difficili.

Leggevo ad alta voce quello che mi capitava, le marche dei vestiti, degli elettrodomestici, i titoli sulle coste dei libri.

– Sul cartellone, – aveva chiesto mia madre. – Che c'è scritto?

Era periodo di elezioni, la città era piena di cartelloni elettorali.

– Non lo so.

– Come non lo sai –. Aveva spostato il mio peso da un braccio all'altro, sporgendosi di piú dalla finestra. – Quello accanto alla merceria. *Meno ta... meno tasse...*, leggi.

– Non lo so. Il cartellone non lo vedo.

Fui portata all'ospedale San Carlo di Nancy, sull'Aurelia, dove c'era un rinomato centro di oftalmologia pediatrica.

Dopo la visita il dottore informò i miei genitori che

avevo una miopia precoce e che avrei dovuto mettere gli occhiali presto, forse già dall'anno successivo con l'inizio della prima elementare.

– Proprio come tuo nonno, – commentò lei uscendo dal centro, tenendomi stretta per mano.

Mio nonno è diventato cieco dopo cinquant'anni di miopia elevata, cosí si chiama quella che supera le sei diottrie.

1.

(– 4 diottrie)

Senza staccare gli occhi dal parabrezza, mio padre disse: – Senti una cosa.

Si schiarí la voce e cercò un fazzoletto nella tasca dei jeans, tenendo l'altra mano salda sul volante della vecchia Citroën verde. Di mattina aveva sempre mal di gola, gli occhi lucidi, poi verso l'ora di pranzo gli passava. Mia madre raccontava che era sempre stato cosí, fin da ragazzo.

– All'inizio è meglio se parti piano, cerca di tenere un passo medio insomma –. Soffiò il naso nel fazzoletto e aprí un po' il finestrino. – Te ne devi fregare delle altre, fatti superare.

Dalla strada arrivò una zaffata che mi strizzò lo stomaco. Per colazione avevo mangiato mezzo biscotto e bevuto una tazza di tè, costretta da mia madre. *Altrimenti dove le prendi le energie*. Il liquido si muoveva dentro le pareti della pancia ogni volta che la macchina si fermava e ogni volta che ripartiva, avanti e indietro. Chiusi gli occhi e schiacciai la testa contro il finestrino.

– Se ti allontani cosí, ti cade, – protestò Morena, e mi infilò di nuovo la cuffietta nell'orecchio destro. Avrei voluto sedermi vicino a lei per ascoltare il walkman insieme, ma quando avevo aperto la portiera posteriore mio padre aveva detto «non sono mica un tassista». Cosí mi stava appiccicata dietro le spalle e ascoltavamo il disco dei Blue che le piaceva tanto, e che un po' piaceva anche a me.

– Devi risparmiare il fiato, – continuò mio padre. – Poi, quando vedi che le altre non ce la fanno piú, acceleri.

– A che giro? – chiesi.

– A che giro cosa?

– Quand'è che devo accelerare?

– Beh diciamo... al terzo. Al terzo inizi ad andare veloce, e continui cosí fino alla fine.

Mio padre conosceva molti trucchi su come si correva perché mio zio Paolo da giovane era stato campione d'atletica di tutto il Lazio. Poi si era stufato ed era entrato nell'Arma dei Carabinieri, ma mio padre aveva fatto in tempo ad assistere a tante gare e a carpire le informazioni utili.

Quella mattina stavamo andando a una gara a Formello. Di Formello sapevo che era il posto in cui si allenava la Lazio. Per noi, lontani dal centro, ci voleva solo mezz'ora di macchina.

Qualche giorno prima, per l'occasione, eravamo andati in un negozio di articoli sportivi a due piani. Avevo scelto un paio di scarpe da ginnastica nuove, bianche e gialle, perché quelle vecchie avevano un buco sulla punta. Le avevo infilate nel borsone che ora stava sotto i miei piedi, insieme alla tuta, alla maglietta e a una felpa leggera.

Un'altra regola ereditata da mio zio Paolo era che bisognava cambiarsi poco prima di entrare in campo, e non a casa.

– Con la coda dell'occhio, – continuò mio padre, – guarda sempre le avversarie. Le devi tenere sotto controllo, ma senza girarti del tutto. Stai col collo dritto e gira solo gli occhi.

Dopo una svolta a destra e una strada dissestata che costeggiava campi da golf, ci fermammo in uno spiazzo polveroso. C'erano altre macchine parcheggiate, e un gruppo di ragazzine che indossavano cappelli con la visiera, tra cui Marzia e Ludovica. Anche quella volta eravamo le uniche ad essere state scelte dall'allenatore.

Mi tolsi la cuffietta, che penzolò nel vuoto, e uscii dalla macchina.

Ludovica mi salutò con la mano: – Io sono emozionata, voi non siete emozionate?

– Datti una calmata Ludoví, – rispose Marzia legandosi i capelli in una coda alta.

– Un po' sono emozionata, sí –. Sentivo che le onde nello stomaco si stavano placando.

– A me viene da vomitare, – disse Ludovica. Si mangiava le unghie fino a che non rimaneva quasi piú niente, poi iniziava a strapparsi le pellicine.

– Eccoti qui, ma ancora non sei pronta? – Marco mi calò in testa un cappellino giallo. Sopra c'era scritto: «Maratonina di Formello, 2006». – Vai a metterti la tuta, ti devi sbrigare.

– Ho dimenticato le cose in macchina –. Mi girai per tornare indietro, ma vidi mio padre che camminava verso di noi, il marsupio legato in vita, e mi tendeva il borsone con un sorriso imbarazzato. Non aveva mai incontrato Marco, né Marzia e Ludovica. Quando mi accompagnava allo Stadio dei Marmi rimaneva in macchina a leggere e, finito l'allenamento, lo ritrovavo cosí, con il giornale poggiato sul volante e la fronte aggrottata.

– Dove vai senza questo, – e mi aggiustò il borsone sulla spalla.

– Lei è il papà? Piacere –. Marco gli strinse la mano e iniziarono a parlare del caldo che faceva, e di quanto era brutta la pista di Formello, una vera vergogna.

– A questi gli frega solo della Lazio e basta, solo del calcio gli frega.

La mano di Marco era abbronzata, come era abbronzato tutto il resto del corpo, perché abitava a Ostia e andava sempre al mare.

– Oh, ci sta pure Laura De Sanctis, – disse Ludovica guardandosi indietro.

– Ma dove? – Marzia si girò verso le altre ragazzine che parlavano tra di loro e bevevano Gatorade.

– Secondo voi quante siamo in tutto?

– Boh, che corrono con noi forse sei, – risposi.

– Sicuro vinci te, – disse Marzia stringendomi il braccio.

– Livia! – Sentii dei passi dietro di me e mi voltai. Morena correva verso di noi, con il walkman ancora in mano e le cuffiette che le sbattevano sulle gambe. Zoppicava un po' perché la madre le aveva messo dei sandali bianchi con dei lacci complicati che le facevano male. Indossava un vestito di tulle verde acido. La stoffa raggrinzita si tendeva sul petto che iniziava a essere sporgente. Quando ci raggiunse vidi che aveva la pelle sudata sopra il labbro superiore.

– Ciao, – disse a Marzia e Ludovica, sorridendo. – Volevo augurarti buona fortuna, – disse poi, e si avvicinò per darmi un bacio sulla guancia. – Ricordati di mettere il laccetto, – mi sussurrò all'orecchio. Era un messaggio da parte di mia madre, pensai. Dovevano essersi parlate alle mie spalle. Mi ritrassi facendo finta di non aver sentito.

Il campo era brullo, con chiazze d'erba gialla qua e là. Gli spalti non erano di marmo, bianchi e porosi come quelli dello stadio, ma c'erano dei sedili sbiaditi dal sole su cui il pubblico aveva cominciato a sistemarsi.

Lo spogliatoio delle femmine, un prefabbricato dal tetto basso, odorava di deodorante e di qualcos'altro che non riuscivo a capire, forse ferro o sangue.

Quando entrammo una ragazza piú grande si girò per guardarci, poi continuò a farsi le trecce davanti allo specchio. Posai il borsone su una panca di legno, mi tolsi i sandali e li misi in una busta che avevo portato da casa. Chiesi a Marzia quanto tempo avevamo. – Cinque minuti, – rispose controllando il suo orologio Flik Flak.

Dopo essermi cambiata, stesi le gambe davanti a me e guardai che effetto facevano le scarpe. Poi aprii la taschina esterna del borsone e presi il laccetto. Era fatto di corda abbastanza sottile, mia madre l'aveva ricavato da un paio di suoi vecchi pantaloni che metteva solo in casa, serviva a stringerli.

Mi aveva misurato la nuca per capire quanta corda dovesse tagliare via, poi aveva fatto un nodo alle estremità per ricavare due occhielli. Cosí stanno perfetti, aveva detto infilandolo sulle stanghette degli occhiali. Nei mesi, man mano che la miopia peggiorava, le lenti erano diventate piú spesse, dei vetri incastonati nella montatura che non riusciva a contenerli. Non c'era niente di grazioso nel mio viso, quando li indossavo.

«Non lo voglio», avevo detto a mia madre quando mi aveva fatto provare il laccetto. «Ma è solo per quando corri», aveva detto lei. «Non lo voglio mai». Me ne ero andata lasciandolo sul tavolo della cucina. Nessuno ne aveva parlato piú, ma il laccetto era comparso sul mobile all'ingresso, nel piattino dove tenevamo le chiavi di casa. Quel pezzo di corda rappresentava per mia madre il tentativo di rammendare uno strappo insanabile, tappare una falla a mani nude. Per molto tempo ho pensato che fosse una stupida, un'illusa.

– Ma quella non è mica veloce, è che c'ha le gambe lunghe due metri. – Marzia uscí dal bagno rivolgendosi a Ludovica.

– Dicono che si allena ogni giorno, tipo ogni pomeriggio proprio, – disse Ludovica. – Vuoi? – mi strizzò un po' di crema solare sul palmo, spremendola da un flacone. Stesi la crema densa e profumata sulla fronte e sulle guance, e anche un po' sulle braccia.

– Comunque la odio, ti giuro, – continuò Marzia, e si tirò indietro la frangetta con una mollettina nera.

Ludovica sbuffò. – Sei fissata però co' 'sta Laura De Sanctis.

– Ma se è lei che ci guarda sempre male, no Livia? – Marzia mi lanciò un'occhiata dallo specchio, in cerca di approvazione.

– Sí... sí, ogni tanto mi pare che ci guarda male, – dissi. Rimisi il laccetto nel borsone e chiusi la tasca. La ragazza con le trecce se n'era andata, nello spogliatoio eravamo rimaste solo noi tre.

– Andiamo, è tardi, – disse Ludovica.

2.

Le seguii fuori dallo spogliatoio, l'afa ci avvolgeva e rendeva ogni passo faticoso. Sembrava di camminare nella nebbia.

Raggiungemmo Marco nella parte d'erba verde al centro del campo. Ci diede una maglietta uguale al cappellino e allargò le braccia.

– Forza, tutte intorno a me –. Seguimmo i suoi gesti, li conoscevamo a memoria ormai. Prima il braccio destro sopra la testa, gomito in fuori, spingere il gomito con la mano sinistra. Poi fare lo stesso con l'altro braccio.

Sedersi a terra e portare la schiena in avanti, fino a che con il petto si tocca la coscia. Avvolgere la mano attorno al piede, arrivare dove si riesce. Sentire i tendini in tensione. Ripetere con l'altra gamba.

Marco fece segno di alzarci: – Corsa sul posto.

Ludovica era rossa sulle guance e teneva la bocca socchiusa, espirava con il naso su cui era rimasto uno sbaffo bianco di crema solare.

Il ciondolo di Marzia a forma di delfino andava su e giú, sempre piú veloce, le toccava prima una spalla e poi l'altra. Intorno a noi, le altre ragazzine facevano dei giri di prova del campo, alcune ridevano ad alta voce.

Da qualche parte, sugli spalti, c'erano mio padre e Morena seduti vicini. Chissà se riuscivano a vedermi, se sapevano quale ero io in mezzo a tutte quelle magliette gialle. Forse Morena si era portata il binocolo che usava per osservare gli uccelli sui rami, nel giardinetto del nostro condominio. Se l'aveva portato allora mi poteva vedere, e poteva vedere anche che gli occhiali mi erano scesi sulla punta del naso sudato. Morena era l'unica che sapeva del laccetto, lo usavo solo con lei quando ci capitava di giocare insieme, con lei non mi vergognavo. Agli allenamenti invece non l'avevo mai indossato. Per questo in genere, quando sentivo che gli occhiali stavano andando giú, che stavano per scivolarmi a terra, rallentavo.

Il mormorio dagli spalti diventò piú intenso. Strizzai gli occhi e cercai tra i sedili un vestito color verde acido. Volevo sapere subito dove guardare, una volta finita la gara.

– Eccola là, – disse Marzia. Le gambe di Laura De Sanctis erano davvero lunghe, forti, spuntavano fuori dai pantaloncini come due cose vive. Stava facendo dei giri intorno al campo, e quando ci passò accanto spostò l'aria.

Marco si avvicinò a Marzia e le tirò piano la coda. – Marziè non stare sempre a guardare le altre, tu pensa a te.

– Vabbè, – rispose lei, e diede un calcio a una zolla di terra.

– Ragazze, mi raccomando. Dovete stare concentrate. Guardate Livia come sta tranquilla, – continuò Marco. – Eh Livìè? Brava, bisogna stare lucide.

– Sí coach, – rispose Ludovica, e finí di rosicchiarsi l'unghia del pollice. Marco si allontanò verso un signore su uno sgabello intento a scrivere qualcosa su un bloc notes, gli andammo dietro.

– *Sí coach*, – fece Marzia a bassa voce e storcendo la bocca. – Non lo puoi chiamare *allenatore* come facciamo tutte? – Ludovica alzò un attimo lo sguardo dalle mani che continuava a tormentarsi, ma non disse niente. Si andò a sedere su un muretto sotto gli spalti, in un punto all'ombra. La raggiunsi. Incrociai le gambe e cercai di tenere la schiena dritta. Era mia madre a rimproverarmi, quando stavo con la faccia schiacciata sul foglio. «Non stare curva», mi diceva, «raddrizza le spalle».

Quelle della corsa a ostacoli avevano iniziato, sentivo le grida di incitamento dei genitori e una signora con i capelli cortissimi che urlava, da bordo campo: – Vai Silvia! Passi brevi, passi brevi!

Le scarpe mi stringevano un po'. Le slacciai e feci un nodo piú lento.

Chiesi a Ludovica se aveva dell'acqua, rispose di no. Sentii una mano battermi sulla spalla. – Se vuoi bere, tieni.

Laura De Sanctis mi stava porgendo la sua borraccia. Erano almeno tre anni che ci vedevamo alle gare, ma era la prima volta che mi rivolgeva la parola.

– Grazie, – le dissi. Mi sorrise mentre bevevo, poi si attaccò alla borraccia anche lei. Fece un verso di soddisfazione, si asciugò la bocca con il dorso della mano e mi parlò ancora: – Quindi oggi corriamo insieme.

– Sí, – risposi. – Siamo dopo queste vero? – glielo chiesi anche se lo sapevo già.

– Sí, siamo dopo queste –. Laura De Sanctis aveva ciglia lunghe come quelle dei cavalli, gli occhi penetranti e intelligenti che mi scrutarono per un altro secondo. Poi aggiunse: – Io vado dal mio allenatore, ci vediamo dopo.

– Ma che voleva? – chiese Ludovica.

Alzai le spalle. – Niente, mi ha dato l'acqua.

– Sai quanto ti rompe le palle Marzia, se lo sa.

– Devo andare in bagno.

Lei mi scrutò incredula. – Ma come in bagno? Guarda che hanno finito –. Fece cenno verso quelle della corsa a ostacoli, la ragazzina che si chiamava Silvia aveva vinto e la signora con i capelli corti la stava abbracciando, felice.

– Ci metto un secondo.

Ludovica si asciugò le dita sulla maglietta. – Non potevi farla prima?

– Tutte qui, – urlò Marco dalla pista e batté le mani. Il suo richiamo mi sembrò provenire da un posto molto lontano.

– Digli che arrivo –. Camminai a passo sostenuto. Sorpassai Marco che stava dando gli ultimi consigli prima della gara.

– Ma Livia dove va? – lo sentii chiedere. Non feci in tempo ad ascoltare la risposta, ero già oltre, verso lo spogliatoio.

Aprii la porta e andai veloce al borsone, con il cuore che mi batteva furioso dentro il petto, nelle orecchie.

Sguardo dritto, mi dissi per calmarmi, la voce di mio padre in testa. Lasciale andare avanti. Con la coda dell'occhio, controlla dove sono le avversarie. Poi, al terzo giro, acceleri.

Tirai fuori il laccetto, mi precipitai sulla pista. Riuscii a infilarlo mentre raggiungevo Marco e le altre. Prima una stanghetta, poi l'altra, ed ecco: gli occhiali erano improvvisamente al loro posto, saldi sul naso, tirati.

– Scusate, – dissi arrivando a perdifiato.

– Al bagno ci si va prima di entrare in campo, – gridò Marco spazientito. Lo sguardo di Marzia era fisso su di me.

– E quello che cos'è? – chiese Ludovica.

– Niente, – risposi io toccandomi la nuca.

– Livia, la tua corsia è questa –. Marco indicò il numero tre, poi aggiunse: buona fortuna.

Alla mia destra c'era Ludovica, alla mia sinistra Laura De Sanctis, che mi sorrise e si mise giú in posizione.

Al numero uno e al numero sei, in fondo alla pista, due ragazzine che non conoscevo.

– Pronti, – disse lo starter.

Gamba sinistra davanti, quella destra dietro. Le dita ferme sulla pista arancione.

– Ai posti –.

Nessuno fiatava, vidi una formica avanzare lentamente tra le mie dita.

Poi lo sparo, le gambe che iniziarono a muoversi senza che avessi il tempo di pensarci.

Il suono dei miei passi sul terreno era piú forte delle urla sugli spalti. Portai l'indice al naso per tirarmi su gli occhiali, in un gesto di riflesso, ma non ce n'era bisogno. Stavano al loro posto, fermi, non sobbalzavano ai miei passi.

C'era qualcosa che non andava, però. Nelle orecchie avevo solo il mio di respiro, il mio di affanno, non sentivo i passi delle altre.

Qualcuno gridò: – Vai, Laura! Daje! – Laura era dietro di me, ed erano dietro di me anche Marzia, Ludovica, e le altre due ragazzine.

Stavo sbagliando. Bisogna risparmiare le energie, andare piú lenti, non dare tutto in una volta sola.

Rallenta, mi dissi, rallenta se no finisce male.

Provai a fare i passi piú brevi, mi imposi di muovere le braccia con meno foga, ma non ce la facevo. Completai il primo giro, ero prima. Poi il secondo, sempre prima. Tenevo gli occhi strizzati per proteggerli dal sole, che ormai era alto e forte e non lasciava scampo. Avevo fatto bene a mettere la crema, e anche il laccetto. Non avevo mai corso cosí a mio agio, senza il pensiero di perdere improvvisamente gli occhiali. Addirittura, la pista mi sembrava diversa, piú limpida e spaziosa. Però forse devo rallentare, pensai.

Ero sicura che mio padre in quell'esatto momento stesse dicendo a qualcuno, forse a Morena e a una mamma vicino a lui, che non dovevo fare cosí, che non è cosí che si corre.

I capelli mi battevano sul collo, erano troppo corti per fare una coda e li avevo lasciati sciolti. Il fiato che usciva ed entrava dalla mia bocca, inspira ed espira, inspira ed espira, e poi, in un punto in basso a sinistra, ecco un accenno di fitta. La conoscevo, dovevo contrastarla respirando ancora piú piano. Piedi veloci, respiro lungo, e la fitta se ne andò via. Scoprii che sotto il dolore sordo, nascosto da qualche parte piú giú, avevo ancora respiro, e ancora velocità. Spinsi con i piedi fino a che vidi Marco che muoveva il pugno verso di me, rosso in viso, e urlava: – Stai attenta a sinistra, stai attenta a sinistra! – Spinsi ancora di piú, misi il piede oltre la linea del traguardo.

Ho vinto, pensai. Girai gli occhi a sinistra per vedere

Laura che arrivava seconda. Volevo cogliere la sua espressione, cosa diceva la sua faccia, e poi persi l'equilibrio. Pensai: sto cadendo.

Caddi in avanti. Battei con violenza sulla terra rossa, per il dolore mi si mozzò il respiro. Un bruciore terribile alle ginocchia e alle mani. Gli occhiali volarono via con tutto il laccetto, li vidi precipitare a qualche passo da me, troppo lontani per riprenderli.

– Stai bene? – chiese Marco. Cercò di tirarmi su, ma la gamba mi faceva male, c'era una ferita sul ginocchio da cui usciva sangue che sembrava viola. Avevo anche le mani tutte graffiate, mi faceva male il mento. – Cazzo, fai vedere, – disse Marco guardandomi. – Qua serve il Betadine, ce la fai a camminare? Voi rimanete qui –. Ludovica e Marzia erano accorse, ancora con il fiatone.

Mi aggrappai alla sua spalla, e quando uno dei giudici si avvicinò, Marco cominciò a urlare, a dirgli che non avevano pulito bene la pista, che mica si può cadere cosí, dal nulla, che c'era sicuramente un motivo. Sbraitò che a terra era pieno di sassolini, li dovevano togliere, era una vergogna.

– Ma qua la gente si può fare male davvero, – disse, – siete impazziti?

In infermeria mi fecero lavare la faccia e mi versarono un liquido scuro sulle ferite. Mi diedero una coppa d'oro e anche una medaglia con inciso il mio nome. La poggiai sul sedile di dietro, salii in macchina aiutata da mio padre.

– Eravamo in un punto vicinissimo a dove hai corso, – disse Morena. – Ti ho salutato almeno dieci volte, mi hai vista?

Non le risposi, chiusi gli occhi e feci finta di dormire per tutto il viaggio di ritorno.

3.

– La fortuna tua, – disse mia madre mentre intingeva un panno pulito nella bacinella piena di acqua calda e sale, – la fortuna tua è che ti sei riparata con le mani. Non ti sei fatta niente rispetto a quello che poteva succedere. Se andavi di faccia, ti spaccavi i denti.

Quando strizzò il panno sulla ferita trattenni il respiro. L'acqua era bollente, il bruciore talmente forte che mi venne da gridare, e gridai.

Lei mi ignorò e ispezionò la ferita con sguardo attento. – Qua è meglio se non ci mettiamo bende né cerotto. Dobbiamo farla respirare, altrimenti ti viene il pus.

Per togliere i frammenti di terra e sporco aveva utilizzato una pinzetta che prima aveva sterilizzato.

– Basta, – le dicevo ogni volta che estraeva un pezzetto.

– Togli le mani, – rispondeva lei implacabile, – e tieni la gamba ferma. Cosí magari la prossima volta guardi dove metti i piedi.

A Formello non c'era venuta perché mio fratello era troppo piccolo, si sarebbe preso un'insolazione. Secondo lei erano pazzi a farci correre d'estate. «E mettiti la crema, se non te la metti ti vengono i nei come a me».

Scostava la maglietta e indicava i nei rossi che aveva sulle spalle e tra i seni. A me piacevano da matti. Non riuscivo a credere che non fossero nati insieme a lei, e che quindi ci fosse stato un periodo della sua vita, fino a quando era andata al mare le prime volte, in cui ne era stata priva.

– Vediamo le mani, ora –. Mi prese il dorso con delicatezza e strizzò l'acqua prima su un palmo e poi sull'altro. Il bruciore era insopportabile.

– Non ce la faccio piú, lasciami, – e riuscii a svincolarmi, ma lei mi riprese i polsi. – Se ti stai ferma, ci mettiamo meno tempo.

Le mie lacrime erano arrivate fin sotto il mento e avevo il moccio al naso. Quando finí, mia madre mi sciacquò la faccia e mi diede un bacio sulla testa. Ripulí tutto e si lavò le mani.

Mio padre stava guardando un programma sulle montagne in Austria, mi accucciai con lui sul divano finché mia madre disse che era pronto.

A tavola mio padre divise la lasagna in sei parti uguali e mi serví dicendo: – Il pezzo piú grosso alla campionessa –. Era bruciacchiata ai bordi, la tagliai con la forchetta e uscí del fumo che mi appannò gli occhiali.

– Soffiaci, – disse mia madre. Con le posate sminuzzava la porzione di mio fratello, che ciucciava un pezzo di pane, stretto nella manina a pugno. Mi misi a soffiare sulla crosta croccante che mi piaceva mangiare per ultima, dividendola dalla parte piú morbida.

– E quindi? – chiese mia madre. Il suo sguardo andava da me a mio padre, da mio padre a me. – Com'è andata?

– È stata bravissima, – rispose lui. Si infilò in bocca la forchetta e fece subito una smorfia.

– Te l'avevo detto che era calda, manco i bambini fanno cosí –. Gli riempí il bicchiere d'acqua e gli disse di bere, ma lui fece no con il dito. Stette immobile per qualche secondo, a occhi chiusi, poi ingoiò, tossí, e quando fu in grado di parlare di nuovo disse che non avevo seguito nessun consiglio, che avevo fatto di testa mia.

– Come al solito, – commentò mia madre.

– Stavolta ha fatto bene però. È partita prima ed è arrivata prima. Dovevi vederla, le altre non ce la facevano a starle dietro, vero Liviè? – Mi fece l'occhiolino, sfiorai con un dito la crosta della lasagna per capire se era ancora calda. Ne tagliai un pezzo. Dentro era un po' cruda e ancora bollente.

– Uguale allo zio Paolo, allora, – commentò mia madre. Pulí la bocca di mio fratello, che fece un verso di protesta e aggrottò le sopracciglia, tirando fuori il labbro di sotto.

– *Meglio* dello zio Paolo, – corresse mio padre. – Certo, dobbiamo lavorare un po'… diciamo che dobbiamo lavorare un po' sulla postura.

Mia madre ridacchiò e vidi la pelle lenta sotto il mento che le tremolava. Cercò di togliere il pane dalla mano di mio fratello, ma lui non lo mollò. – Pure quando ha imparato a camminare, ti ricordi Maurí? Camminava con i piedi alle dieci e dieci, cosí –. Posò la forchetta e uní i polsi con le mani in fuori, a imitare due lancette che ticchettavano. – Una papera sei, la paperella mia –. Si sporse sulla tavola e mi intrappolò il viso in un bacio sulla guancia, sbavandosi il rossetto che metteva ogni giorno, rosato con i brillantini.

Mi pulii con il dorso della mano. – Non è vero che non riuscivano a starmi dietro, – dissi. – Una mi stava per superare.

Mio padre alzò gli occhi dal piatto. – Vabbè, ma alla fine non è successo, no? È questo che conta. Capita a tutti di scivolare.

– A te non ti ho mai visto scivolare.

– Ma mica mi vedi tutto il giorno, – rispose lui.

Presi un altro boccone di lasagna. Sotto i denti era collosa, poco ragú e niente besciamella, solo grumi di formaggio sciolti che bisognava cercare tra gli strati di pasta come fossero pepite d'oro.

– Le mani ti fanno ancora male? Riesci a mangiare o vuoi aiuto? – chiese a un tratto mia madre sporgendosi verso di me.

– Ci riesco da sola –. Allontanai la forchetta dalle sue mani, inorridita al pensiero che potesse imboccare anche me.

– Mi fanno male ancora, – ammisi guardandomi i palmi escoriati, la carne rosata che stava sotto. – Ma poco.

– Va bene, però stasera bisogna di nuovo medicare le ferite, senza storie, – mi disse, pizzicandomi il naso con due dita. Poi indicò il frigorifero. – Maurí prendi la Coca-Cola, cosí magari le passa questo muso.

– Agli ordini, – rispose mio padre. Si alzò e fece una camminata solenne verso lo sportello del frigorifero. Tirò fuori la bottiglia di plastica, aperta chissà da quanto, sfiatata ma ancora buona, e la tenne tra le mani come fosse una cosa fragile e preziosa.

Per ordine materno, uno dei pochissimi, la Coca-Cola si poteva bere solo se mischiata all'acqua e solo la domenica. E la cosa non riguardava esclusivamente me, che ero ancora piccola e non dovevo abituarmi alle cose gassate, ma anche mio padre.

Mi versò la Coca-Cola, la miscelò con l'acqua, poi riempí anche il suo bicchiere.

Bevvi tutto in un sorso, sapeva di Big Babol e caramello. Sentii scendere il liquido appiccicoso lungo la gola e pulirla, portare via il pizzicore che mi dava fastidio da quando ero salita in macchina per tornare a casa. Dovevo avere ingoiato un po' di terra dopo la caduta, senza accorgermene.

– Proprio l'altra settimana, – disse mio padre, – sono scivolato davanti alla farmacia. Cosí, dal nulla, e mi sa che mi hanno visto tutti. Ma mi sono rialzato, ho fatto una battuta e ho continuato a camminare –. Si chinò per raccogliere il pezzo di pane ciancicato che nel frattempo mio fratello aveva buttato a terra. Gli guardai le cosce che si flettevano, muscolose. Avevamo gambe simili, io e mio padre, e anche mio zio Paolo. Il polpaccio lungo, affusolato, le cosce longilinee.

– Forse papà anche tu non sei proprio inciampato, – gli dissi. – Forse anche a te è successo come a me.

Stava iniziando a impilare i piatti vuoti e a metterli nel lavello. La lavastoviglie ce l'avevamo ma lui preferiva fare a mano, anche perché i piatti che usavamo erano preziosi. Arrivavano dal negozio dove lavorava mia madre, a piazza Mazzini, un posto un po' angusto che vendeva articoli da regalo. Lavorava lí da poco, per questo ogni tanto la chiamavano all'ultimo secondo perché doveva coprire il turno di qualcuno. Di questa cosa, come anche del fatto che dovesse pagare il parcheggio di tasca propria tutti i giorni, si lamentava a volte, ma in fondo il lavoro le piaceva.

Una volta in negozio era entrata Raffaella Carrà, e dal vivo era molto piú brutta che in televisione.

– Ma perché, a te com'è che è successo? – chiese mio padre, rimanendo girato ma con le spalle piú dritte, tese.

– Livia, sei una piattola, – proruppe mia madre. – Inciampano tutti, almeno una volta nella vita –. Tolse il bavaglino a mio fratello, cercando di calmare i singhiozzi sommessi che anticipavano il pianto. – Fai una cosa invece, vai sotto a chiamare Morena, ho preparato il tè freddo.

Appena arrivata in camera mia, Morena si tolse le scarpe e i calzini e disse che voleva provare un balletto. – Poi lo facciamo vedere ai genitori, – disse.

In un'altra situazione le avrei risposto che no, non se ne parlava, era una cosa noiosissima. Però sapevo di averla trattata male al campo, quindi non dissi nulla.

Morena era molto stonata, ma mentre ballavamo a piedi nudi sul tappeto, due passi a destra e due a sinistra, le mani sulla vita e il bacino che girava vorticosamente, *Te amo mi corazón, increíble es la vida contigo,* mi sembrò che la gara, Laura De Sanctis, il sole forte, il laccetto che mi teneva gli occhiali stretti alla testa, il momento confuso in cui avevo girato gli occhi a sinistra e poi ero caduta sulla terra rossa, che tutte queste cose diventassero piú sfocate e lontane.

A un tratto si fermò e si aggiustò i capelli in una coda alta. Perlustrò la camera con sguardo attento. – Cosí non va bene. Abbiamo bisogno di qualcosa.

– Qualcosa tipo?

– Come si dice... un oggetto di scena. In televisione le cantanti ballano sempre con qualcosa in mano.

– Ma tipo un microfono? Prendo la spazzola in bagno.

– No, – disse lei scuotendo la testa. – Ci vuole un foulard, una sciarpa, una roba di piume!

Esaltata, aprí i cassetti del mio armadio e cercò sotto le canotte e i pantaloncini della tuta. Li richiuse, non c'era niente di interessante. – Puoi provare nello sgabuzzino in corridoio, – suggerii.

Uscí dicendo che andava a vedere e tornò qualche secondo dopo con uno sguardo raggiante. Teneva nella mano destra una giacca a vento lilla e nell'altra un bastone scuro, lucido, con il manico ricurvo: – Questi due ci possono servire –. Mi tese la giacca lilla e mi disse di metterla legata intorno alla vita e di tirarmi la maglietta in su per far vedere un po' di pancia. Il bastone invece se lo tenne lei.

Riattaccò a cantare e lo prendeva con due mani alzandolo su e giú sulla testa. Poi scalciava passandogli la gamba sotto, le braccia dritte davanti. Ora avevo capito a chi voleva assomigliare. Qualche giorno prima, a casa sua, avevamo visto in televisione le ballerine di Parigi.

Provò a puntare il gommino a terra e a girargli attorno, come se fosse un perno, ma il bastone scivolò sul parquet e cadde.

– Oh no, scusa, – disse raccogliendolo subito. Aveva la faccia di chi si aspetta un rimprovero. Lo presi, passando la mano sul manico liscio. – Dove l'hai trovato?

– Nello sgabuzzino, – rispose lei mettendosi a sedere sul letto. – Che ci fate? Ci andate a camminare in montagna?

– No, non lo usiamo noi. Non lo usa nessuno in realtà.

Non sapevo che il bastone fosse finito nello sgabuzzino. – Ti faccio vedere come lo usava mio nonno –. Impugnai il bastone e chiusi gli occhi. – Faceva cosí –. Camminai piano in direzione dello specchio, tastando il terreno con il bastone.

– Sembri scema, – disse Morena. – Ma non ci vedeva proprio niente, zero assoluto?

Scossi la testa. – Niente di niente. Cieco come un pipistrello –. Feci altri quattro passi, stavolta in direzione della porta, e con il bastone urtai qualcosa: avevo colpito le gambe di mia madre.

– Che stai facendo? – Era sull'uscio, un vassoio in mano con due bicchieri di tè freddo che posò subito sulla scrivania. – Che stai facendo? – ripeté.

Morena era immobile sul letto, non aveva mai visto quello sguardo negli occhi di mia madre, e neanche io. Le erano diventati piccolissimi, neri, sembrava che pungessero.

– Pensi che questo sia un gioco? – mi strappò il bastone dalle mani e se lo mise sotto il braccio, senza toccare il manico. – Non avete altro da fare?

Gesticolava e aveva alzato la voce, lo sguardo incredulo. – Posso sapere dove l'hai trovato?

Questa era l'unica domanda a cui avrei saputo rispondere, ma non osavo aprire bocca.

– L'ho preso io, l'ho preso dallo sgabuzzino perché volevamo ballare –. La voce di Morena era sottilissima, le parole le uscivano a fatica.

– Non mi interessa chi l'ha preso, voglio capire cosa ci trovi di cosí divertente, – e mi puntò il dito contro. Aveva le guance rosse e la bocca serrata.

Morena raccolse la giacca e con voce sommessa disse che la andava a rimettere a posto. La guardai uscire e sistemarsi le bretelle del vestito verde che ormai si era tutto sgualcito.

Nella stanza rimanemmo io e mia madre. Le tremarono le labbra come se stesse per uscirle una parola, poi appoggiò il bastone al muro. Si avvicinò e si piegò sulle gambe per mettere la sua faccia all'altezza della mia. Mi poggiò una mano sul braccio, non aveva piú gli occhi piccolissimi e neri, disse: – Le cose degli altri non si toccano –. Strinse la presa sul mio braccio. – Hai capito?

Annuii. – Non lo faccio piú.

– Bene –. Si alzò e uscí, portando con sé il bastone.

Lo pensavo davvero, in quel momento, che non avrei piú disubbidito, che non l'avrei piú fatta stare male.

Piú tardi, quando mi strizzò di nuovo l'acqua calda e il sale sulle ginocchia e sui palmi, non piansi neanche una lacrima.

4.

(– 6 diottrie)

Le avevo viste mentre facevo pipí nel bagno di Morena, quello piú piccolo che potevano usare solo lei e sua madre. Avevo alzato la testa ed erano lí, due scatolette rettangolari impilate sulla mensola accanto allo specchio.

Non mi ero alzata subito dalla tazza ma ero rimasta seduta a fissarle, tormentandomi la crosta sul ginocchio. Era grossa come una moneta e prudeva intorno ai bordi. Per un attimo avevo avuto la tentazione di strapparla con le unghie, ma poi ci avevo ripensato perché era ancora troppo molle.

Premetti lo sciacquone, mi tirai su i pantaloni della tuta tagliati a metà coscia e presi il panchetto di legno che stava vicino alla doccia, piazzandolo sotto il lavandino.

Con il piede sinistro mi diedi la spinta, e al primo colpo riuscii ad appoggiare l'altro ginocchio sul bordo del lavabo, che tremò sotto di me. Mi immobilizzai.

Sentivo il rumore sommesso della televisione, accesa dall'ora di pranzo, e la voce stonata di Morena nella stanza accanto. Era sempre la stessa canzone, da settimane. Aveva cercato di convincere tutti di averla scritta lei, ma io lo sapevo che si trattava di una storpiatura di Ricky Martin.

Sulla mensola, oltre al deodorante, al sapone e alle due scatolette, c'erano una bottiglietta di profumo impolverata e tre elastici a cui era impigliato un groviglio di capelli scuri.

Presi la scatoletta aperta su un lato. Me la rigirai tra le mani e la scossi un po', per sentire se era piena. Nella parte davanti c'era scritto qualcosa in inglese. Piú sotto, il disegno di un'onda e la foto di una donna sorridente, gli occhi azzurrissimi.

Infilai le dita ed estrassi una fila di blister, ne staccai due. All'interno, come una medusa morta, nel liquido trasparente galleggiava una lente a contatto.

Non mi era mai capitato di tenerne una in mano.

Un giorno nel negozio di ottica in cui andavamo io e mia madre, mentre frugavano in uno schedario per trovare un paio di miei occhiali nuovi, era entrata una ragazza. Aveva detto di avere un appuntamento per provare le lenti. Nascosta dietro mia madre ero riuscita a vedere l'ottico che la invitava a lavarsi bene le mani, e poi le mostrava come aprire l'occhio con il medio e il pollice, come adagiare con delicatezza la lente tenendola in equilibrio sul polpastrello, come farla aderire completamente. Da quel momento avevo desiderato possederne un paio anch'io, da mettere e togliere quando volevo.

– Tutto ok lí dentro? – la madre di Morena bussò alla porta e la confezione mi scappò dalle mani, cadendo con un suono secco sulle mattonelle marroni. Le lenti erano sicuramente sue. I blister uscirono fuori, sparpagliandosi a terra.

– Sí, ora esco! – risposi mentre la maniglia si abbassava con forza.

– Vi ho detto mille volte, a te e quell'altra, di non chiudervi a chiave. Poi facciamo come la scorsa estate, che non riuscivate piú a uscire e abbiamo dovuto chiamare il vicino.

Scesi in fretta dal lavandino, raccolsi tutto e lasciai la scatoletta accanto al rubinetto.

Prima di girare la chiave, avevo fatto scivolare nella tasca i miei due blister.

– Sei caduta nel water? – Morena stava seduta alla scrivania, la fronte aggrottata per la concentrazione. Era tutto il pomeriggio che disegnava.

– Macché caduta, – risposi, e mi buttai sul letto in mezzo ai peluche di gatti e cani.

– A un mio compagno di classe una volta è successo, – fece lei senza alzare la testa dal foglio. – È andato troppo indietro e gli si è incastrato il culo nel cesso. È rimasto cosí per cinque giorni.

Le parole «culo» e «cesso» le aveva dette con un tono di voce piú basso, perché le parolacce a casa sua non si potevano dire.

– E come ha fatto senza mangiare? È morto?

– Non è morto, i bidelli gli portavano le merendine. Noi a ricreazione lo andavamo a salutare, ma lui se ne stava lí tutto triste.

– E i genitori? E le maestre?

Morena aveva fatto spallucce, continuando a disegnare. – Non potevano farci niente, era incastrato.

Ero abituata alle bugie di Morena. Inventava storie elaborate e magnifiche, dense di particolari, e quando veniva scoperta non si prodigava piú di tanto a difendersi. Forse era il modo che aveva trovato per scampare alla madre assillante, ai divieti numerosi che le imponeva.

Per lo stesso motivo, era quasi impossibile che mantenesse un segreto. Le informazioni sulle vite degli altri costituivano un ricco bottino, merce di scambio per procurarsi un po' di attenzioni.

– Andiamo fuori a correre? Mi sto rompendo, – dissi dopo qualche minuto di silenzio.

– Mamma non ci manda fuori, adesso. Guarda il mio disegno, l'ho finito.

Eravamo io e lei al mare, nel cielo un gabbiano con il becco arancione, all'angolino un sole che aveva due occhi e il sorriso. Ci tenevamo per mano. Si era disegnata piú alta di me, e sulla mia faccia aveva messo un grosso paio di occhiali verdi.

– Ti piace? – mi chiese.

– I miei occhiali non sono cosí grandi, – dissi tirandomeli su con un dito.

– Sí invece, – rispose lei con un sorrisetto. – L'unica

differenza è che i tuoi sono rossi, ma non ce l'avevo il colore giusto.

Al mare ci eravamo andate solo una volta, il mese prima. Mia madre all'ultimo momento aveva saputo di dover lavorare, cosí aveva citofonato a Giusy, che viveva al piano di sotto. La madre di Morena in realtà si chiamava Giuseppina, ma il suo nome non le piaceva.

A Maccarese il mare era sporco e c'era posto soltanto nelle file lontano dall'acqua.

Prima di arrivare avevamo mangiato un panino a testa in macchina e poi un ghiacciolo al bar della spiaggia. Dopo qualche passo sulla sabbia bollente Giusy mi aveva richiamato indietro. «Livia togliti gli occhiali», aveva detto. «Non ce l'hai una custodia?»

Avevo risposto di no, che lo facevo sempre il bagno con gli occhiali.

Non se ne parlava. Il sale li avrebbe rovinati o, peggio, potevo perderli nell'acqua.

Allora me li ero tolti e lei li aveva riposti nel sacchetto marrone dei panini.

Cosí, dall'asciugamano alla battigia, ero stata costretta a chiedere a Morena di tenerci per mano. Le sue dita erano appiccicaticce di Calippo.

Gli ombrelloni e le persone avevano perso i loro contorni, diventando una massa informe, luccicante e spaventosa. Sapevo che senza di lei mi sarei persa.

«Che carine che siete», ci aveva detto Giusy vedendoci tornare cosí.

Quel giorno non avevamo visto nessun gabbiano, o almeno non l'avevo visto io. Solo un pesce morto tra le alghe, che ci eravamo messe a stuzzicare con un bastoncino.

5.
(– 8 diottrie)

Quell'estate Morena aveva già i peli sotto le ascelle. Le erano cresciuti nel giro di pochi mesi, lunghi e lisci, di un colore piú scuro dei suoi capelli. Glieli guardavo quando alzava le braccia: un contrasto quasi osceno con i vestiti infantili che portava.

Giusy diceva che non si potevano vedere e che prima della partenza doveva toglierseli. L'avrebbe accompagnata lei dalla sua estetista, in due strappi era tutto fatto e poi se ti toccavi eri liscia.

Quando era tornata, al posto dei peli c'era una chiazza bianchissima rispetto al resto della pelle.

«Tocca, ma senza farmi il solletico», mi aveva detto tenendo tutte e due le braccia alzate. Avevo fatto su e giú con il dito. «Hai sentito dolore?» le avevo chiesto.

«All'inizio un sacco, – aveva risposto lei, – ma me lo sono già dimenticato. Ha detto che quando divento un po' piú grande mi toglie anche i baffi e quelli di sotto».

In ogni caso non era una cosa che mi riguardava. Io di peli ne avevo quasi zero e i capezzoli erano come quelli dei maschi.

Il giorno della partenza, alla stazione degli autobus, mia madre e Giusy parlavano vicine. Era strano vederle insieme lí, lontane dal nostro condominio, all'ombra della sopraelevata grigia di Tiburtina, tra la puzza di pipí e i turisti spaesati che si trascinavano dietro le valigie. Aspettavamo che arrivassero gli altri.

Un ragazzo alto e magro con le basette lunghe quasi fino

al mento si presentò a tutti dicendo di chiamarsi Nicola. Portava una canottiera che mostrava i peli ricci del petto e aveva il naso spellato. Gaia, l'altra animatrice, aveva i capelli a spazzola e un accento forte che mi sembrava del Sud.

Mia madre le consegnò una busta con scritto il mio nome e cognome. Dentro c'erano i miei soldi.

Dopo venti minuti di attesa erano arrivati quasi tutti, chiassosi ed emozionati per la partenza. Nicola chiese di stare zitti un attimo, fece l'appello, controllò che fossimo tutti e quattordici, poi ci disse di salire sul pullman.

Diedi un bacio a mia madre, a mio fratello che le stava attaccato alla gamba e a mio padre, *chiama almeno una volta al giorno*, *attenta a non scottarti*, e mi avvicinai al pullman trascinando il trolley. Mentre lo infilavo nel bagagliaio mi sembrò troppo leggero. Forse avevo dimenticato qualcosa di fondamentale, ma poi pensai che se davvero mi ero scordata qualcosa avrei potuto chiederlo alle altre, che sicuramente sarebbero diventate nostre amiche.

Morena aveva giurato che sarebbe successo cosí, che in campetto si fa amicizia con facilità. «È come un lunghissimo pigiama party», aveva detto.

Non che Morena fosse mai stata a un campetto in vita sua, ma lo diceva con una tale convinzione che avevo cominciato a spuntare i giorni che mancavano alla partenza su un calendario che tenevamo in cucina. Poi il conto alla rovescia era finito e ora io e Morena stavamo sedute vicine sul pullman che aveva dei sedili molto morbidi, e lei faceva ciao ciao dal finestrino ai suoi genitori, mentre uscivamo dal parcheggio ed entravamo in tangenziale.

– Mia mamma mi ha dato i cerotti se abbiamo la nausea, – disse indicando la tasca esterna del suo zaino. – E ho anche le gomme per non vomitare.

Eravamo sedute in fondo, piú lontano possibile dagli adulti. Vicino al guidatore, un uomo pelato con le guance rosse, c'erano solo Nicola e Gaia, che scrivevano qualcosa su dei fogli e poi li infilavano in una cartellina di plastica.

Stavano in piedi, e ondeggiavano ogni volta che il pullman prendeva una buca. L'autista diceva di fare attenzione, che non lo sapeva da dove venivano loro ma le strade di Roma sono piene di buche. Gaia bisbigliò qualcosa che non sentii e Nicola rise, gettando la testa all'indietro. Guardai il suo pomo d'Adamo che andava su e giú, cosí sporgente che sembrava voler uscire dalla pelle e rotolare fuori. Poi lanciò un'occhiata nella nostra direzione e io distolsi subito lo sguardo, accucciandomi. Morena intrecciava i fili colorati di uno scoubidou. Il Game Boy era vietato dal regolamento del WWF.

Dietro di noi dei ragazzini parlavano tra di loro, sembravano conoscersi già. – Questa non ce l'ho, – disse uno, – io ti do la mia e tu mi dai questa. – Neanche morto, – diceva l'altro, – la tua fa schifo –. Sentii un colpo vicino alle scapole, dovevano aver puntato i piedi sul mio schienale.

– Che fanno? – Morena infilò la testa tra i due sedili, ma non c'era abbastanza spazio per vedere.

Mi girai per sbirciare.

– E te che cazzo vuoi, – disse uno dei due quando vide la mia faccia che sbucava da sopra il poggiatesta. Poi fece un cenno verso i miei occhiali. – Belli, se li accendi volano pure?

Feci un sorrisetto, mortificata, e il suo amico rise a bocca aperta. Teneva tra le mani tozze dei ritagli di carta, e altri erano sparsi sul bracciolo.

Erano foto di ragazze, riconobbi qualche attrice e anche una cantante bionda con le ciocche rosa che avevo visto molte volte su Mtv ma di cui non ricordavo il nome. Le foto erano state stampate male, e la faccia delle donne era attraversata da righe orizzontali, sottili.

– Ne vuoi una? – mi chiese quello con le mani tozze, che era biondo e aveva un dente davanti scheggiato. – E che ci faccio? – chiesi. Lui mi guardò con un'aria furba e fece un sorrisetto, mettendo ancora piú in risalto il suo dente rotto. – Te le guardi quando non riesci a dormí, come famo noi.

Morena mi tirò per un braccio e mi passò un paio di lacci colorati da intrecciare.

Dopo sette ore e due soste per andare al bagno, arrivammo al campetto. Per andare in spiaggia ci volevano meno di dieci minuti a piedi, attraversando il bosco di aceri, e se eravamo fortunati, ci disse Nicola, potevamo assistere alla schiusa delle uova di Caretta caretta, una tartaruga quasi estinta che sopravviveva solo in alcune spiagge. Poco lontano c'era anche un fiume dove vivevano le lontre.

Quella notte dormii poco. Dalla finestra del bungalow entrava un vento caldo che sapeva di alghe marce, sentivo il russare leggero delle mie compagne di stanza. Morena, stesa sopra di me nel letto a castello, si muoveva nel sonno facendo cigolare il materasso.

Al mattino ci svegliò il suono di una trombetta e la voce di Gaia: bisognava fare colazione in fretta e poi riunirsi nel punto di ritrovo. Ci sedemmo su delle sedie scolorite dal sole, e Nicola ci spiegò cosa avremmo fatto. Non ci sarebbe stato tempo per annoiarsi, disse, ogni giorno una scoperta, a contatto con la natura. E giochi di squadra, sport all'aperto, gite in barca. – Siete contenti?

Risposi di sí in coro con gli altri, mentre tenevo una mano sulla fronte per pararmi dalla luce che filtrava dagli alberi.

– Adesso facciamo un gioco per conoscerci meglio, – continuò Nicola. Da vicino, il suo pomo d'Adamo era ancora piú grosso, somigliava a una pallina da tennis incastrata in una siepe.

Con un gessetto bianco, Gaia tracciò una linea sull'erba rada e disse di dividerci, sette da una parte e sette dall'altra, poi si sfilò la bandana che teneva legata al polso e si mise in mezzo. Assegnò a ognuno un numero: io ero il cinque e Morena, che stava accanto a me, il quattro.

– Che gioco di merda rubabandiera, – disse il ragazzino con il dente scheggiato.

– Luca, ti ho sentito, – sospirò Gaia. Aveva la voce

stanca e delle occhiaie nerastre, forse pure lei aveva dormito male. – Smettila e stai attento. State attenti tutti, basta chiacchierare. Chi vince si presenta agli altri. Dice il suo nome, da dove viene e quanti anni ha. Siete pronti? Avete capito?

Trattenni un attimo il respiro, poi alzai la mano. – Queste non vanno bene, mi sa –. Mi indicai le infradito verdi.

– Ah sí, giusto, – rispose Nicola, e lanciò un'occhiata alle scarpe di tutti, un'espressione stupita come se ci avesse pensato solo in quel momento. – Tutti quanti, andate a mettervi qualcosa di piú comodo. Ma datevi una mossa, tra dieci minuti vi voglio qua.

Corsi nel bungalow prima delle altre e mi chiusi a chiave in bagno. Dal beauty case grigio che era di mia madre tirai fuori la crema solare, il burro cacao, il dentifricio, e un involucro di carta igienica che posai sul lavandino. Srotolai la carta igienica, la buttai nel water, e tenni in mano i due blister. Dentro c'erano le lenti a contatto di Giusy, una per ogni blister, una per ogni occhio.

Mi tolsi gli occhiali e li infilai nel beauty case. Da qualche tempo mettevo dell'ovatta sulle stanghette perché a fine giornata le orecchie erano rosse e dolenti. Tolsi anche l'ovatta, che mi era rimasta incastrata tra i capelli.

Sciacquai le mani sotto l'acqua. Mi avvicinai allo specchio, sfiorandolo quasi con il naso. Il mio respiro caldo appannava il vetro. Lo pulii con il gomito. Tutti e due i blister riportavano sulla linguetta di plastica lo stesso numero, senza indicazioni su quale lente andasse a destra e quale a sinistra. Sarà lo stesso, pensai.

Scollai la linguetta e con il polpastrello dell'indice tirai fuori la lente. Era molto piú morbida di come l'avevo immaginata. Era delicata e leggera. Chissà come faceva a non perdersi nell'occhio finendo per sbaglio nel cervello. La palpebra che si chiude e si apre tutte quelle volte durante il giorno, le ciglia che sbattono e il vento che fa venire le lacrime, e nel frattempo la lente rimane incollata alla pupilla.

Provai a imitare i movimenti che avevo visto fare alla ragazza nel negozio di ottica, quel giorno. Prendere la lente con l'indice, aprire l'occhio con il medio e il pollice, tenere l'occhio fermo.

Tornai al punto di ritrovo in tempo per ricominciare a giocare. Morena era arrivata prima di me, ai piedi aveva un paio di scarpe da trekking che di certo non l'avrebbero aiutata a correre meglio.

Sentí che ero accanto a lei e allungò la mano per stringere la mia, senza distogliere l'attenzione da Gaia che muoveva la bandana in attesa che ci fossimo tutti.

– Spero che non mi chiami mai, odio correre, – sussurrò. Quando si girò per cercare conforto, dischiuse le labbra e fece uscire un gemito strozzato. Mi lasciò andare la mano.

– Ma dove sono i tuoi…

– Non ti distrarre –. Le feci cenno di tornare a guardare la bandana.

Gaia chiamò il quattro e il ragazzino col dente rotto che si chiamava Luca scattò. – Vai Morena, il quattro sei tu, – le dissi spingendola, ma quando cominciò a correre con passi esitanti ormai era troppo tardi, Luca aveva preso la bandiera e si era presentato: veniva da Viterbo, aveva tredici anni.

Diede il cinque al suo amico del pullman e insieme osservarono Morena che tornava al suo posto, bisbigliando qualcosa tra loro.

Tenevano gli occhi fissi sul suo petto che faceva su e giú, al ritmo del respiro affannato. Quando Morena si risistemò vicino a me sentii nelle narici una punta acre di sudore. – Dove stanno, – disse, stringendomi un braccio.

– Dove stanno che, – risposi io. Mi liberai dalla sua stretta e mi chinai per tirare fuori dalla scarpa il calzino che era rimasto sotto il calcagno. – Gli occhiali, – riprese lei, – dove li hai messi.

Lo diceva cosí, senza punto di domanda.

– Non ne ho bisogno, e adesso fammi stare concentrata –. Misi il piede sinistro in avanti, il bacino basso, le mani pronte a muoversi parallele, veloci.

Gaia chiamò finalmente il cinque e la ragazzina davanti a me non fece in tempo a rendersi conto di quello che succedeva, perché io ero già arrivata alla bandiera e l'avevo strappata dalla mano di Gaia, rischiando di travolgerla.

– Mi chiamo Livia, vengo da Roma e ho undici anni.

– Che missile, – commentò Nicola sorridendomi. Gli sorrisi anche io e sentii nel petto un'allegria che mi rimase, forte, per tutto il giorno.

Morena provò a riprendere il discorso, *senza occhiali te non ci vedi, come fai senza, sei diventata matta?*, però io la rassicurai che potevo farne a meno.

– Ma li hai buttati? – chiese lei, preoccupata.

– No, li ho messi nel beauty case, c'è pure il laccetto.

Andò a controllare in bagno che non stessi dicendo una bugia.

– Non ne ho piú bisogno, – le dissi. – Forse non ne avevo bisogno neanche prima.

Rimase qualche secondo in silenzio, stropicciando tra le mani l'asciugamano in microfibra che bisognava portare per fare il bagno nel fiume. – È che senza occhiali non mi sembri piú te –. Poi ci alzammo e andammo insieme a tutti gli altri a vedere le lontre.

Quel pomeriggio scoprii di avere un certo talento per la vela.

– Te sei sempre la piú brava, pure piú brava dei maschi, – mi disse Luca mentre riprendevamo fiato tra un tempo e l'altro della partita di calcio. Da quando si era accorto che Morena aveva le tette, ci ronzava continuamente intorno.

Sorrisi appena, con gli occhi chiusi e la faccia rivolta verso il sole che mi asciugava il sudore sulla fronte.

6.

Gaia ci svegliò che ancora era buio. Disse di prendere una felpa e di seguirla, Nicola era già lí.

– Ma lí dove? – chiese Costanza, la nostra vicina di letto nel bungalow. Gaia disse: lo scoprirete. Camminavamo in fila indiana, tutti e quattordici, cercando di conservare il calore del sonno intrappolato nel pigiama.

Al nostro passaggio c'era rumore di foglie, erano gli animali che si nascondevano nei cespugli bassi. Sotto le infradito si spezzavano i ramoscelli e attraverso le suole sentivo i sassi lisci e i sassi aguzzi.

– Io il bagno al mare con questo freddo non me lo faccio, – disse Morena, che camminava dietro di me.

Per non inciampare cercavo di mettere il piede dove l'aveva messo Costanza, che mi stava davanti, ma non sempre ci riuscivo perché a fare luce c'era solo la luna e i neon fuori dai bungalow, che si allontanavano sempre di piú.

Con cautela, lasciai passare Morena e afferrai tra due dita il cappuccio della sua felpa. Rallentavo se lei rallentava, e se sentivo il cappuccio tendersi acceleravo il passo.

– Ci facciamo il bagno nudi? – urlò l'ultimo della fila. Gaia si girò per zittirlo.

– Niente bagno, – disse. – Siamo arrivati –. Sentii che le infradito poggiavano sul morbido.

Era una parte della spiaggia senza ombrelloni, quando toccai la sabbia era gelida.

Gaia accese la torcia, illuminò una sagoma accucciata che alzò un braccio per salutarci. – Guardate lí, in silenzio, – disse Nicola sottovoce. Puntò la torcia su una collinetta di sabbia bassa, lontana al massimo due metri. Ci mettemmo sulle ginocchia, in attesa, le spalle rivolte verso le onde.

La luce della torcia creava sulla sabbia una pozza lattiginosa e tremolante, appannata. Chiusi gli occhi fortissimo e ci premetti sopra i palmi. Poi massaggiai un po' le palpebre, senza spingere troppo. Quando li riaprii la sabbia mi sembrò piú nitida.

– Ecco, attenzione adesso, – sussurrò Gaia che stava seduta sulla sabbia, alla mia destra.

Morena si aggrappò al mio braccio. – Eccola! – esclamò.

Ero concentratissima. Volevo vedere a tutti i costi, anche se era piccolo, anche se era buio. La sabbia si smosse un poco ed emerse la testa di una tartaruga minuscola, poi spuntarono le zampe. Sembrava annusare l'aria, per capire se era il caso di uscire oppure no. Si tirò fuori tutta e iniziò a procedere verso un punto preciso, il mare.

Uscirono dalla sabbia altre tartarughe identiche a lei, grigie e con il guscio come quello di una noce.

All'inizio Gaia e Nicola continuarono a seguirle con la torcia, poi non ce ne fu piú bisogno perché era spuntata l'alba rosa. Ci dissero che potevamo rimanere a guardarle ma senza andare troppo vicino. Ne scelsi una e cominciai a camminarle accanto. Costanza chiese se poteva prendere il cellulare ai bungalow per fare una foto, ma le risposero di no.

La tartaruga scivolava sulla sabbia leggera. Creava dietro di sé una scia impalpabile, presto il vento l'avrebbe spazzata via.

Ogni tanto si fermava, forse per riprendere fiato, poi ricominciava, una macchia scura e traballante. Non procedeva dritta, verso il mare, ma la sua traiettoria pendeva un po' a destra. Strizzai gli occhi per controllare le sue compagne, come si stavano muovendo. La luce non era ancora abbastanza.

Mi accucciai sulla sabbia. Le dissi: – È avanti che devi

andare, rigirati, vai verso il mare, – ma quella continuava a deviare a destra. Allora la tirai su per il guscio. Sbatté un po' le zampe, impaurita, piccola come il palmo della mia mano. Era piú morbida di quello che pensavo. Aveva la pelle rugosa, gli occhi sembravano chiusi.

– Che fai? – Mi girai. Luca mi veniva incontro, la frangia di capelli biondi alzata dal vento gli dava un'aria un po' ridicola. – Non la puoi aiutare, – disse scuotendo la testa. – È vietato.

Lo guardai per capire se scherzava, ma era molto serio. Fece cenno di mettere la tartaruga giú. – Voglio solo farla andare piú dritta, – risposi.

– Ma te non stai attenta allora. Le tartarughe non vanno toccate, non va bene per la natura, tipo. L'ha detto Nicola.

Feci spallucce. – E ora che faccio? – gli chiesi. – Ormai l'ho toccata.

La tartaruga continuava a muovere le zampe, era diventata bollente e cominciava a farmi un po' impressione, con tutte quelle parti molli.

– Dai a me, – disse lui, e me la prese dalla mano. Gettò un'occhiata alle sue spalle e poi fece una corsetta fino all'acqua, si chinò un istante e tornò indietro.

– Per fortuna non ci ha visto nessuno, – disse girando la testa verso il punto da cui sentivo arrivare le voci degli altri, l'accento cantilenante di Gaia che spiegava la vita riproduttiva delle tartarughe.

Rimanemmo in silenzio, lui teneva le mani dentro le tasche dei pantaloni.

Aveva dei brufoli tra le sopracciglia, e sopra il labbro c'era un'ombra di peluria.

– Dov'è Morena? Non stava con te? – gli chiesi.

Lui scosse la testa. – Sta lí con gli altri –. Tirai giú le maniche della felpa fino alle mani e incrociai le braccia.

– Sei forte, – disse lui. Sorrise ma senza guardarmi. In bocca aveva quel dente scheggiato e fui tentata di chiedergli come era successo.

– Sei forte, dico, – insisté, e stavolta mi guardò. – Voglio dire, sei piú simpatica delle altre femmine, sei tipo come noi.

Non sapevo cosa rispondere, cosí dissi: – Grazie.

Sentii la voce di Nicola che ci richiamava, dovevamo andare a vedere la buca che aveva scavato mamma tartaruga. C'era un vento calmo e il cielo stava diventando dei colori del fuoco.

– Che gli succedeva alla tartaruga? – chiesi.

– Che?

– Che gli succedeva se non la mettevamo nell'acqua.

– Boh, – rispose lui. – Forse se la mangiavano i gabbiani.

Si era seduto a terra, mi sedetti anche io. Luca iniziò a scavare la sabbia con un dito, finché arrivò allo strato bagnato. Stavo per dirgli che forse dovevamo tornare, ma lui si girò verso di me: – Sul pullman non eri carina, ora stai meglio.

Poi tornammo indietro senza dirci piú niente.

Ci sedemmo sulla sabbia insieme agli altri, ad aspettare che tutte le tartarughe arrivassero in acqua. Come se potessero riuscirci solo se rimanevamo lí. Come se non si trattasse di un processo che andava avanti da centinaia, migliaia di anni, senza che noi assistessimo.

Nel bungalow chiusi le tendine e mi levai le infradito. Quelle nel letto a castello vicino al nostro giocarono per un po' a carte, dopo si addormentarono con la testa sullo stesso cuscino.

Stesa sotto le lenzuola, sentivo Morena girare le pagine del libro che si era portata da casa, un fruscio ritmico e familiare. La testa mi prudeva, tra i capelli doveva essere finita un po' di sabbia.

– Dormi? – La voce di Morena mi svegliò. Stavo facendo un sogno sulle tartarughe. Avevano riempito il bungalow, brulicavano sul pavimento come grandi scarafaggi e non potevo scendere dal letto.

– Livia, dormi? – ripeté.

– Sí, – dissi. Avevo le labbra secche e la lingua impastata.
– Se mi rispondi vuol dire che non dormi.
– Stavo dormendo.
Stette zitta per qualche secondo. – Che ti diceva Luca prima?
– Niente, – risposi.
Cambiai posizione e mi misi a pancia sotto. Strizzai gli occhi per un paio di volte, li strofinai con la federa del cuscino. Qualcosa spingeva nel punto da cui escono le lacrime. Con il polpastrello toccai una crosta piuttosto grossa, la grattai via e la buttai per terra.
– Non pensavo che eravate amici.
– Non siamo amici infatti.
Continuavo ad avere fastidio. Mi alzai a sedere. Era come se sull'occhio ci fosse una membrana, che andava via e ritornava quando sbattevo gli occhi.
– Se non siete amici, perché allora parlavate.
Posai con cautela la punta del dito sulla parte bianca dell'occhio. Se lo facevo pianissimo non poteva succedere niente. Il dito era un retino che acchiappava le meduse. Tirai fuori un filamento trasparente e appiccicoso. Ci vedevo bene adesso.
Pulii la mano sulla maglietta del pigiama e tornai a sdraiarmi.
– Mi ha aiutato con una tartaruga.
Rimase in silenzio, sperai che si fosse riaddormentata.
Dopo qualche minuto spense la lucina da campeggio che usava per leggere e sospirò.
– Pensavo che facevamo piú amicizie qui, – sussurrò.
– Mancano ancora undici giorni.
Se non stavo attenta le palpebre mi si chiudevano, ma non volevo che Morena fosse l'unica sveglia nella stanza buia.
– Dici che in undici giorni divento amica con qualcuno?
– Secondo me sí –. Non ne ero sicura. Morena faceva un sacco di domande a tutti, inventava storie inverosimili e si vestiva in modo strano. Avevo visto delle ragazzine

parlare fitto e ridacchiare se passava lei, e quando c'era da fare le squadre veniva scelta per ultima.

– Comunque domani andiamo in canoa sul fiume.

– Vero, che bello.

Schioccò un bacio nell'aria che mi vergognai di ricambiare. Ci addormentammo.

Poi sembrò che fosse passato un attimo, e invece era già mattina inoltrata. Dalla finestra arrivavano i rumori delle posate e delle tazze per apparecchiare la tavola e faceva caldo, avevo la fronte sudata anche se stavo in canottiera.

Tirai via il lenzuolo e mi bloccai. Non riuscivo ad aprire gli occhi.

Era una cosa naturale, la facevo ogni mattina da quando ero nata senza neanche pensarci, ma stavolta gli occhi sembravano intrappolati sotto le palpebre.

Le toccai. Dove c'erano le ciglia si era formata una catena spessa di croste, tutte attaccate le une alle altre, potevo sentirne il rilievo con i polpastrelli.

Il cuore cominciò a battermi nelle orecchie e una scia fangosa di angoscia mi arrivò alla pancia.

Non è niente, pensai, solo la sabbia. Provai a staccare una crosta, ma era troppo dura e io avevo le unghie corte.

– Ci siete? – chiesi, anche se non sentivo rumori. Dovevano essere già uscite tutte a fare colazione, e non mi avevano svegliata.

Provai ad alzare un po' la voce: – Morena... – chiamai. Aspettai qualche secondo, prima o poi qualcuno sarebbe tornato.

Toccai tutte le croste e individuai la piú dura. Bagnai l'indice con la saliva e cominciai a sfregare, doveva diventare piú piccola e morbida, cosí poi potevo staccarla.

Ci riprovai. Le ciglia erano ancora dure di sporco e muco, ma ora erano bagnate e riuscii a dividerne due ciuffi. Vidi un lampo di quello che c'era intorno a me: le lenzuola ai piedi del letto, i vestiti sporchi sulla sedia, il pavimento brutto.

Mi infilai due dita in bocca e le passai su entrambe le palpebre, sfregando prima piano e poi piú forte, con vigore. Le ciglia di sopra si staccarono dalle ciglia di sotto.

Provai di nuovo ad aprire gli occhi. Le lenzuola, i vestiti, il pavimento e tutto il resto attorno erano sgranati, un vetro appannato dalla condensa. – No... – sussurrai.

Avevo sfregato troppo e le lenti si erano tolte.

Massaggiai le palpebre, stavolta con delicatezza. Magari si erano infilate da qualche parte dietro il bulbo oculare e potevo farle tornare indietro, incastrarle di nuovo sulla parte centrale.

Ero stata una stupida a prenderne solo due dalla confezione. Avrei dovuto farne una scorta, trovare il modo di metterne da parte.

Arrivai in bagno camminando a tentoni. I contorni delle cose erano sgranati, come quando si fa cadere una goccia di inchiostro su un pezzo di scottex.

China sul lavandino, mi sciacquai gli occhi, che continuavano a bruciare. Era impossibile tenerli aperti per bene. Qualcosa si era incastrato in un punto in alto. Un granello di sabbia, un pelucco del pigiama, un pelo del gatto randagio a cui ogni tanto Gaia e Nicola davano i resti della nostra cena.

Sentii Gaia chiamarmi dalla finestra. – Arrivo! – risposi.

– Va tutto bene? – chiese, poi aggiunse che mi stavano aspettando al punto di ritrovo, in canoa ci si andava di pomeriggio. – Arrivo tra pochissimo, – dissi a voce abbastanza alta da farmi sentire.

Provai a rinfilare le lenti ma ci riuscii solo con l'occhio sinistro. Dico che ho mal di pancia cosí oggi non faccio nulla, pensai. Starò seduta da una parte, sotto gli alberi, non fa niente se per un giorno non gioco.

Li raggiunsi camminando pianissimo e in silenzio mi sedetti anche io, ricavando un po' di spazio tra due ragazzine. Vidi Morena dall'altra parte del cerchio, si grattava la testa con la matita. Conoscevo quel gioco: ognuno scriveva un nome, poi un'azione, poi dove, poi con cosa. Ogni volta si passava il bigliettino alla persona accanto e alla fine uscivano fuori delle storie assurde. Potevo farlo anche io.

Stavo per alzarmi e andare a prendere un foglio quando un rumore acuto e improvviso mi fece accelerare il cuore. Pensai fosse il guaito di un cane, poi mi accorsi che era Gaia.

Mi guardava fissa, gli occhi sbarrati, e il guaito arrivava dalla sua bocca aperta.

– Oddio, – urlò. – Oddio, ma che è successo?

Sentii gli occhi di tutti puntati addosso, un mormorio, la ragazzina accanto a me fece un gridolino e si scostò, disse: – Che schifo cazzo, – poi Gaia mi prese per mano e mi fece alzare in piedi, con forza, disse a Nicola di seguirla, bisognava chiamare qualcuno, l'ambulanza.

Non c'è problema, volevo dire, sto bene, un po' d'acqua e passa tutto, ma le parole non mi uscirono di bocca e mi ritrovai sdraiata sul tavolo del pranzo, con Gaia che continuava a tenermi la mano e mi chiedeva cos'era successo, cos'avevo fatto agli occhi.

– Niente, – risposi. Avevo la gola secca. Tossii, dissi: – Mi sa che è un po' di sabbia.

– Cos'è successo, – ripeté Gaia. Mi fece chiudere gli occhi, sentii Nicola che dava l'indirizzo del campetto: siamo quelli del WWF, dovete venire perché una bambina ha un problema agli occhi, sí va bene, sbrigatevi però, poi la voce di Morena. – Ho preso i suoi occhiali, – disse, – non può stare senza.

7.

Il medico aveva la pancia gonfia.

Mi disse di guardare in alto, poi di guardare in basso, dovevo seguire la luce della penna che aveva tirato fuori dal taschino, illuminata sulla punta.

– Guarda verso il mio orecchio destro –. La sua voce era calma, densa, come se avesse bevuto da poco dello sciroppo.

Per farmi arrivare all'altezza giusta aveva dovuto alzare lo sgabello, disse che ero la paziente piú giovane della giornata. C'era odore di disinfettante e l'infermiera che mi aveva messo il collirio era stata gentile ma sbrigativa. Lo studio del mio oculista di sempre, il dottor Rimbaldi, che mi conosceva da quando ero molto piccola, era piú bello. C'erano le caramelle sulla scrivania della segretaria, e un quadro sulla parete appena entravi.

Avevamo aspettato sedute accanto a un ragazzo con un occhio bendato, per sbaglio si era accecato con un cacciavite mentre faceva dei lavori in casa. «Come uno stupido», aveva detto. Gaia si era offerta di andare a prendergli un tè alla macchinetta, a me aveva portato un Mars. Lo avevo scartato con voracità, era la prima cosa che mangiavo dalla sera prima.

Poi, mentre stavamo ancora lí ad aspettare, Gaia mi aveva raccontato che giú in Sicilia aveva un fidanzato, però non si capiva se stavano davvero insieme.

Sembrava nervosa, si grattava la testa e continuava a guardarmi gli occhi cercando di non farsi notare, ma io me ne accorgevo lo stesso anche se avevo le palpebre aperte solo a metà.

«Ho sentito tua madre, – mi aveva detto a un certo punto. – Arrivano tra pochissimo». Avevo annuito.

Il medico spense la torcetta e disse che avevo una congiuntivite batterica. Con qualche giorno di antibiotico il pus sarebbe andato via e anche gli occhi rossi. Dovevo usare lo stesso collirio che mi aveva messo l'infermiera, era importante ricordarsi di farlo ogni mattina appena sveglia, dopo pranzo e prima di andare a dormire.

– Ti chiami Livia, giusto? – chiese. Annuii. – E da quant'è che porti le lenti a contatto? Undici anni sono troppo pochi.

Fissavo i bottoni della sua camicia che erano sul punto di saltare, di rimbalzare sul muro. Mi sistemai sul naso gli occhiali, Morena me li aveva messi in mano mentre ero stesa sul tavolo del campeggio.

Il medico chiese a Gaia quando sarebbero arrivati i miei genitori. – Tra una decina di minuti, – rispose lei. Avevano preso il primo treno disponibile. Il medico disse di accomodarci fuori, l'infermiera mi avrebbe messo delle gocce per allargare il fondo dell'occhio e farmi una visita completa.

Le gocce bruciavano, e con la congiuntivite era ancora peggio, ma strinsi forte le palpebre e contai fino a dieci per far passare il fastidio. Ero abituata alle gocce, alle lettere da leggere sulla lavagna luminosa, giú fino alla riga piú piccola, ero abituata alla casetta rossa da guardare fisso dentro uno spioncino, aspettando che arrivasse un soffio d'aria che serviva a monitorare la pressione.

Ogni sei mesi andavo con mia madre dal dottor Rimbaldi e dalla sua segretaria con le caramelle sulla scrivania, perché la mia vista andava tenuta sotto controllo. Mi piaceva togliermi gli occhiali e consegnarli a lui, che li metteva in un macchinario per verificare i gradi di ciascuna lente. Guardavo il mio occhio ingrandito in uno schermo, con le ciglia spesse come tronchi, e sapevo che il dottor Rimbaldi si prendeva cura di me. L'ultima volta che eravamo andate lí, il dottore aveva detto che sul nervo ottico aveva visto un'ombra grigia. «Forse non è niente, ma è meglio togliersi il dubbio».

In ospedale, per la visita al campo visivo avevo messo la faccia davanti a un macchinario tutto bianco, molto rumoroso, e ogni volta che vedevo una luce dovevo premere un pulsante. «Meglio cosí, ottimo», aveva risposto il dottore al telefono quando mia madre gli aveva detto che era tutto ok.

L'infermiera mi diede una garza per tamponare l'occhio.

– Stringi forte, – disse, – tra poco passa.

– Fa male? – chiese Gaia, preoccupata. Scossi la testa.

– Viene anche papà?

– Sí, c'è anche lui –. Buttai la garza in un secchio pieno di bicchierini di plastica sporchi di caffè. Il ragazzo con la benda stava giocando a Snake al cellulare, teneva lo schermo a pochi centimetri dalla faccia.

– E tu che fai quando arrivano? Te ne vai? – chiesi.

Gaia si grattò via una macchia di dentifricio dai pantaloncini. – Devo tornare da Nico, aiutarlo con i ragazzi e tutto. Ma tanto tu stai qui con i tuoi, no?

– Sí, ok, – risposi. Cercavo di allontanare l'immagine di mia madre che spuntava dal fondo del corridoio, perché se ci pensavo mi saliva su dallo stomaco un'onda calda che mi faceva scottare le guance e accelerare il cuore. Seduta lí ad aspettare sulle sedie di plastica scomode avevo provato a inventare una storia credibile per la questione delle lenti. Il dottore le avrebbe detto che ne aveva trovata una ancora dentro il mio occhio, ormai completamente distrutta, aveva dovuto estrarla con una sorta di piccola ventosa. Le avrebbe chiesto se era stata lei a darmele.

Rubare era una delle cose che facevano infuriare mia madre, che non si arrabbiava quasi mai, neanche quella volta che la maestra di italiano mi aveva beccato a incollare sull'album le figurine di Harry Potter.

Toccare le cose degli altri, non si faceva. Avrebbe messo

su la faccia dura di quando si era infuriata per il bastone, mi avrebbe dato una punizione.

Dopo qualche minuto gli occhi non bruciavano piú, li aprii e vidi mia madre che camminava a grandi falcate, con la borsa di tela messa di traverso che sbatteva sul fianco. Aveva la faccia seria, e mio padre, che camminava accanto a lei, non aveva espressione.

– Come stai? – chiese prendendomi le guance tra le mani. – Fai vedere – . Le sue dita odoravano di crema, ruvide perché si ostinava a lavare i piatti senza guanti.

– Porca miseria. Maurizio, guarda –. Mio padre si avvicinò per controllare, come aveva fatto una volta con i miei capelli per accertarsi che non ci fossero pidocchi.

– Ora come va? – chiese. Mi diede un bacio sulla guancia e Gaia gli riferí cosa aveva detto il medico, avevo una brutta congiuntivite e adesso dovevano fare altri controlli.

Aspettavo con il cuore in gola che aggiungesse qualcosa sulle lenti, ma non lo fece. Ammise che lei non ci capiva molto di questioni mediche e adesso doveva proprio andare via. Ci salutò, e mentre usciva disse che mi aspettava al campetto, quando sarei stata meglio.

– Ti sei toccata gli occhi con le mani sporche? – domandò mia madre.

Risposi di sí, che non ero stata attenta e avevo dimenticato di lavare le mani dopo una giornata passata lungo il fiume. Lei annuí, tutto sarebbe passato presto.

Sí, pensai, forse potrò tornare dai miei compagni, continuare la vacanza. È solo una congiuntivite. Che succede però se torno e Morena ha detto a tutti che facevo finta, che in realtà porto gli occhiali? Se non sta zitta mi vergognerò per sempre.

Mia madre mi fece sedere sulle sue gambe, indossava un vestito nero e lungo. Era calma, anche se preoccupata. Non sapeva ancora che sua figlia era una ladra.

Quando la porta del medico si aprí pensai che non sarei riuscita ad alzarmi in piedi, che le gambe avrebbero ceduto. Invece le gambe funzionarono e mi ritrovai di nuovo sulla poltrona, davanti al dottore che spiegava a mia madre cosa voleva dire cheratocongiuntivite.

– È quando si infiamma sia la cornea che la congiuntiva, – disse. Mio padre gli chiese a cos'era dovuta. Il medico allora mi guardò e torse la bocca. – Beh, è per questo che volevo parlare con voi. A undici anni è troppo presto per le lenti a contatto. Come si chiama il vostro oculista?

– Mi scusi, quali lenti a contatto? – Prima di entrare mia madre aveva mangiato una gomma, ne aveva sempre un pacchetto in borsa, e l'aveva offerta anche a mio padre e a me. Adesso lo studio odorava di menta.

– Le sue lenti a contatto. Ne ho trovata una nell'occhio di Livia, gliela faccio vedere.

Prese dalla scrivania il fazzoletto su cui aveva posato la lente, che nel frattempo si era raggrinzita ed era diventata dura, un vetro come quelli lisciati dall'acqua che si trovano a volte tra la sabbia. Porse il fazzoletto ai miei, invitandoli a guardare.

Aggiunse che soprattutto per una miopia come la mia era molto pericoloso, c'era il rischio che la cornea si deteriorasse e poi non sarebbe stato possibile operarmi, un giorno.

Allora mio padre riemerse dal silenzio: – Guardi che noi non ne sappiamo niente, Livia che succede, ti giri e me lo dici per favore? – mentre mia madre continuava a stare zitta, come se il silenzio le servisse a mettere insieme quella lente, sua figlia, la corsa in treno per venire fin lí.

– Dove le hai prese? – mi chiese lei, e io risposi: – Te lo dico dopo –. Mi vergognavo troppo a parlare davanti al medico, che tamburellava le dita sulla pancia e non somigliava per niente al dottor Rimbaldi.

– No, dimmelo adesso, – incalzò mia madre. Glielo dissi, che le lenti erano di Giusy, che gliele avevo prese di nascosto, *ma solo due, ti giuro*, me le ero portate in valigia senza che lei se ne accorgesse. Mi sembrò che l'espressione della sua faccia non cambiasse piú di tanto, mi ascoltava attenta, mentre il medico chiedeva com'era possibile che fossi riuscita a metterle da sola. – O ti ha aiutato qualcuno? – domandò.

– No, da sola, – risposi. Non c'ero riuscita subito infatti, nel bagno del bungalow, mi erano cadute nel lavandino, poi le avevo sciacquate sotto l'acqua e me le ero rimesse nell'occhio, cercando di appoggiarle con delicatezza, l'occhio sinistro era stato piú difficile. Poi avevo chiuso gli occhiali nel beauty case.

– Ma a Giusy non mancano mica tutti i gradi che mancano a te. Come facevi a vedere? – chiese mia madre.

Risposi che infatti ci vedevo male, però ero felice perché gli occhiali mi pesavano sulle orecchie. E poi, lo dissi con un attimo di esitazione, non volevo piú inciampare.

Il medico chiese *che vuol dire inciampare*, e mio padre gli spiegò che ero scivolata mentre correvo, niente di che: – Che c'entrano gli occhiali poi, – fece girandosi a guardarmi.

– Secondo me c'entrano, – dissi io. Quello non era il dottor Rimbaldi, va bene, ma magari questo medico qui, che non mi conosceva e non conosceva neanche mia madre, lui poteva impietosirsi un po' e farmi provare le lenti, quelle giuste per me.

Il medico infatti si avvicinò.

Finalmente, pensai, ora finalmente qualcuno mi dà ascolto. Sarei tornata al campetto con le lenti nuove, invisibili, nessuno se ne sarebbe accorto.

Mia madre tirò fuori dalla borsa uno scontrino e ci sputò dentro la gomma, un gesto che a dirlo sembra sgarbato ma che lei fece con molta naturalezza, come se non ci fosse niente di male.

– Ma dimmi tu come ti è venuto in mente di tenertele tutto quel tempo poi –. Si batté la testa con la punta delle dita, sospirando, io però lo sapevo che non era arrabbiata davvero. Non si arrabbiava mai quando i miei comportamenti erano coraggiosi, quando le dimostravo di avere un pensiero mio, una volontà che andava oltre quello che era giusto o sbagliato fare. In fondo erano solo due lenti a contatto. Il sollievo per lo scampato pericolo mi fece distendere, quasi mi veniva da ridacchiare.

Mi accomodai meglio sulla poltrona del medico, mentre lui faceva la solita trafila di controlli, *apri l'occhio grande, guarda in alto a sinistra, guarda in alto a destra, metti il mento qui sul macchinario*, e a un certo punto disse: – Qui c'è qualcosa.

Mia madre stava dicendo a mio padre che magari potevano prendere il treno del giorno dopo, prenotare un albergo o qualcos'altro per la sera. *Ti va di girarci un po' la città? Ci andiamo a fare un bagno.*

Poi si voltò. – Cioè? – chiese.

Il medico non rispose subito, cominciò a sussurrare qualcosa a bassa voce, tra sé e sé. Aveva bisogno di dirsi prima quelle parole in testa, e poi di dirle a noi, almeno cosí mi sembrava.

Incastrato nella cavità dell'occhio aveva un vetrino ingrandente, se lo tolse e lo tenne in mano, passandoselo da un palmo all'altro.

Quando parlò, aveva una voce diversa, simile a chi non dice nulla da molto tempo.

– Quand'è stato l'ultimo controllo? – chiese, e mia madre gli rispose: – Sei mesi fa, abbiamo il prossimo appuntamento a settembre, appena tornati dalle vacanze.

– Vi ha detto qualcosa il medico l'ultima volta?

Mia madre gli riferí dell'ombra, quell'ombra grigia che alla fine non era niente.

Il medico disse: – Va bene signora, – poi spense la luce puntata sul mio occhio, spense anche lo schermo e mi disse che potevo alzarmi e andare vicino a mamma e a papà.

Prese un foglio e iniziò a scrivere con una penna lunga e nera. – Vi prescrivo un Oct della retina, e anche un elettroretinogramma. Prenotateli subito, appena tornate a Roma.

– Esami per che cosa? – chiese mia madre. Il medico

strappò il foglio. Mio padre aggrottò la fronte per capire cosa c'era scritto.

– Per escludere la retinite pigmentosa.

– E che cos'è –. Il foglio che mio padre teneva in mano tremò leggermente.

– È abbastanza rara, e poi in una ragazzina cosí giovane... non ne sono proprio sicuro.

Il medico mi fece un sorriso senza mostrare i denti. Mi chiese, con un tono di voce che si sforzava di essere gentile: – Livia, quando sei inciampata durante la corsa, per caso ti è successo all'improvviso, senza sapere il perché?

Sulla libreria, accanto ai volumi giganti, vidi che c'erano delle foto del medico con la sua famiglia. Aveva una moglie con i capelli rossi e due figli, anche loro con i capelli rossi. In una foto stavano seduti al tavolo di un ristorante, davanti a uno dei bambini mi era parso di scorgere una torta con tre candeline. Mi misi piú comoda sulle gambe di mia madre, che mi teneva stretta.

– Forse la luce forte ti dà fastidio, ad esempio il sole e i lampioni non riesci proprio a sopportarli? E ti succede al buio di vedere male?

Sentii la testa di mia madre che si appoggiava alla mia, le sue labbra posarsi sui miei capelli, il calore del fiato che passava dalla sua bocca alla mia nuca.

– Comunque prima fate gli esami e poi ne riparliamo –. In tutta la sua carriera gli era successo solo un'altra volta di diagnosticarla, a una signora molto anziana. – Magari mi sbaglio, Livia è cosí giovane.

Seconda parte

Labbra bordate di rosso

1.

L'autobus per arrivare a scuola in orario era il 223 delle sette in punto. Alle sette e quarantacinque mi lasciava alla fine del Ponte Flaminio, quello tutto bianco con le aquile in marmo. A quell'ora del mattino c'erano ancora le prostitute alla fermata, altissime, con i capelli lunghi fino al sedere. I ragazzi piú grandi quando ci passavano vicino ridevano e chiedevano di fargli vedere le tette, loro non accettavano mai.

Scendevo in fretta, e mi tappavo il naso e la bocca per non sentire l'odore terrificante degli scalini bianchi sporchi di merda e preservativi pieni. Tornavo a respirare solo quando raggiungevo la strada della scuola, il liceo classico Tito Lucrezio Caro, al Villaggio Olimpico. Avevano iniziato a costruire il quartiere nel 1958 per le Olimpiadi di Roma. Dovevano farci vivere gli atleti e poi dare le case a chi ne aveva piú bisogno. Le case sono sollevate dal suolo tramite palafitte in cemento perché all'epoca avevano paura che il Tevere esondasse. Da fuori sono spoglie, con le facciate dai colori smorti, senza balconi o fiori alle finestre, ma dentro sono arredate da gente ricca, architetti, avvocati, persone che lavorano al ministero degli Esteri.

Nessuno dei miei compagni faceva il mio stesso tragitto. In molti avevano già la mini-car, il motorino, e abitavano ai Parioli o al Flaminio, vicino a scuola.

Qualcun altro abitava fuori Roma. Riano, Morlupo, Campagnano, Castel Nuovo di Porto, posti molto piú lontani della Giustiniana, che però erano collegati bene con il trenino.

L'unico modo che avevo io per raggiungere la scuola era attraversare la città in autobus, salire quando i lampioni erano ancora accesi, in inverno, con i finestrini appannati dagli aliti della gente. Non riuscivo a dormire mai, passavo quell'ora ad ascoltare la musica con il lettore Mp3 o a scrivere i paradigmi sotto la versione di greco.

Per il fatto delle Olimpiadi, le strade avevano tutte nomi di Stati e il liceo si trovava in via Venezuela. Dalla finestra della mia classe potevo vedere la statua di due corridori.

A me il liceo piaceva, e ancora di piú mi piaceva che nessuna delle persone che veniva alle medie con me alla Giustiniana fosse finita lí.

Il primo giorno mi ero seduta al penultimo banco a sinistra, dietro a una ragazza alta, cullandomi nell'elettrizzante consapevolezza che neanche uno tra quelle mura mi conoscesse.

Nessuno poteva sapere che il mio posto in classe, durante tutti e tre gli anni delle medie, era stato quello al centro, il piú vicino possibile alla lavagna. Nessuno poteva immaginare che avevo trascorso tre anni a togliere gli occhiali appena suonava la campanella. Le ricreazioni seduta al banco a mangiare crostatine al cioccolato e a leggere i libri che andavo a comprare con mio padre il sabato, la faccia schiacciata sulla pagina.

Avevo passato tutti i giorni delle medie a nascondermi, terrorizzata all'idea che sarebbe stato per sempre cosí.

Poi avevo compiuto quattordici anni e mia madre mi aveva allungato una scatoletta bianca e azzurra. Avevo provato le lenti a contatto subito, senza neanche guardarmi allo specchio, noncurante del suo rimprovero (*con calma, lavati le mani, iniziamo male cosí, dovremmo andare dall'oculista a farci dire come metterle per bene*). Ma io sapevo come fare, aspettavo quel momento da sempre.

Cosí il primo giorno di quarto ginnasio mi ero potuta sedere lontana dalla cattedra, e vicino a me si era seduto un ragazzo con i capelli biondi e lisci, un po' lunghi sulle spalle.

Mi aveva detto ciao, e io avevo ricambiato il saluto.

I maschi in classe erano solo cinque, e quello che si era messo vicino a me si chiamava Daniele. Aveva dei baffetti appena accennati sul labbro superiore, come gli altri maschi del resto, e si metteva la gelatina sui capelli anche se erano lunghi. Dopo un po' gli avevo chiesto a che gli serviva, e lui aveva bofonchiato che non era gelatina, era cera. Non mi era sembrato offeso, ma la mattina dopo aveva i capelli asciutti senza niente sopra.

Daniele era basso e portava la camicia e i maglioncini a V. Ogni tanto ci incontravamo prima delle lezioni e copiava appoggiato al muretto le mie versioni di greco, i paradigmi che avevo scritto in autobus con grafia traballante. Provò a chiedermi un paio di volte di andare a casa sua, abitava a Vigna Clara, ma gli dissi che studiavo meglio da sola, ed era vero.

Già allora avevo capito che lavorare con gli altri mi esauriva le energie, che adattarmi ai loro tempi e alle loro dinamiche mi indeboliva, mi imponeva una fatica inutile. Soltanto studiando da sola riuscivo a capire davvero le cose, a entrare in profondità.

Tra una lezione e l'altra mi si seccavano gli occhi ed ero costretta a scappare in bagno per mettermi le gocce. Le tenevo sempre nello zaino, in un astuccetto nella tasca davanti in cui c'erano anche le lenti di ricambio, e la custodia con gli occhiali. Era il patto che avevo fatto con mia madre: potevo mettere le lenti ma dovevo sempre portare tutto l'occorrente con me e, soprattutto, dovevo prometterle che non mi sarei affaticata. Le raccontavo che tenevo le lenti solo per due ore, al mattino, e che poi rimettevo gli occhiali. Lei era contenta, *l'importante è non superare le dieci ore quotidiane.*

Una mattina ero nel bagno della scuola, a sistemarmi la lente destra allo specchio. Avevamo appena finito la lezione di ginnastica, le mie compagne si lavavano le ascelle nel lavandino, avevano portato il deodorante da casa. Sentivo che la lente si era infilata fino a su, nella parte alta dell'occhio. Trattenni il respiro per non appannare lo specchio e provai a recuperarla con l'unghia, ma mi scappò via.

– Che fico, hai le lentine colorate? – In bagno erano entrate Irene e altre due del terzo B, la classe con cui il giovedí condividevamo la palestra. Irene era bellissima, portava pantaloncini corti e attillati, i capelli tirati su.

Non avevo mai sentito nessuno chiamarle come aveva fatto lei, lentine, e l'ipotesi che potessi davvero mettere delle lenti colorate, che potesse esistere una realtà in cui mia madre mi avrebbe permesso di mettere qualcosa che cambiasse il colore dei miei occhi, mi fece scoppiare in una risata nervosa.

– Perché ridi? – chiese lei. Si appoggiò con il sedere sul lavandino vicino, a braccia conserte.

– Non sono colorate, è che sono un po' miope.

– Ah, – rispose. – Qui ci chiedevamo tutti se il colore degli occhi è davvero il tuo. Beh complimenti.

– Grazie, – dissi, poi sciacquai sotto l'acqua la lente e la rimisi con delicatezza, sbattei le palpebre un paio di volte. Asciugai le lacrime con della carta igienica.

– Da vicino sono ancora piú azzurri, – disse, poi mi chiese se volevo del lucidalabbra. Lo tirò fuori dalla borsa appoggiata alla panca, se lo mise con due movimenti rapidi ed esperti, me lo passò. Sapeva di miele e vaniglia.

Irene l'avevo conosciuta qualche settimana prima, durante una lezione di ginnastica.

Ce l'avevano anticipato: ci sarebbe stata una sorta di gara iniziale, un modo per capire i nostri tempi e dividerci poi per gruppi in base a quanto andavamo veloci. L'insegnante aveva detto di portarci delle scarpe adatte alla corsa, *non quelle sneakers basse terribili che vi mettete di solito*.

Ero salita sulla sedia girevole di camera mia e avevo afferrato una scatola di cartone sullo scaffale in alto dell'armadio. Le mie scarpe bianche e gialle erano ancora sporche di terra rossa, nel punto in cui ero caduta l'ultima volta che le avevo messe. Avevo strofinato con una spugna vecchia finché non erano tornate come nuove. Mi stavano strette in punta, ma non importava.

Il giorno dopo mi ero svegliata piú presto del solito, e durante la lezione di storia quasi non ero riuscita a stare ferma nel banco. Ero arrivata per prima nello spogliatoio, mi ero cambiata, avevo fatto i miei esercizi di stretching in attesa che arrivassero i miei compagni.

Quando l'insegnante di ginnastica aveva detto *via*, avevo sentito l'elettricità scorrere dai piedi alle dita delle mani. Ero partita ed ero arrivata prima, le altre che arrancavano dietro di me. Poi l'insegnante aveva segnato il mio tempo su un foglio: *si vede che sei una sportiva*, ed era stato in quel momento che Irene si era avvicinata. Aveva chiesto come mi chiamavo e aveva detto di avermi vista, mentre si allenava con i suoi compagni di terzo. «Sono quelli lí», li aveva indicati. «Ti hanno vista anche loro. Sei stata incredibile». Non ero riuscita a parlare per il fiatone, avevo solo sorriso.

– Hai fatto con questo? – Irene riprese il lucidalabbra dalla mia mano e si tolse i pantaloncini, infilò ai piedi un paio di stivali scamosciati alti sopra il ginocchio, come quelli delle donne adulte.

Controllò se l'accendino funzionava facendolo scattare due, tre volte, poi mi disse: – Se ti va, faccio una festa a casa mia, sabato prossimo.

Si controllò allo specchio e mi mandò un bacio.

– Sto a piazza Cavour, – aggiunse. – Porta chi ti pare, – e se ne andò senza aspettare le sue amiche.

2.

Quel giorno uscii da scuola sentendomi piú leggera, tanto che decisi di non mettere gli occhiali da sole che invece in quelle ore diurne, quando il sole era alto anche se coperto dalle nuvole, erano obbligatori.

Continuavo a ripensare a quello che aveva detto Irene, che *tutti* si chiedevano se quello era davvero il colore naturale dei miei occhi. Chi sono questi *tutti*, mi domandavo mentre superavo i ragazzi fermi a chiacchierare e a fumare, dirigendomi verso la fermata. Magari l'avrei scoperto alla festa a cui mi aveva invitata.

– Ma tu studi oggi? – Daniele mi aveva raggiunta, lo zaino Eastpak sulle spalle e i capelli legati in un codino.

– Sí, – risposi. – Dopodomani abbiamo la verifica.

– Madonna, che palle, – fece lui con un sospiro.

– Ti va se studiamo insieme? – gli domandai. L'idea di starmene da sola quel pomeriggio non mi piaceva per niente. Era come se Irene, con il suo invito, mi avesse fatto venire voglia di stare nei posti, di non tornare alla Giustiniana.

– Sí, certo che studiamo insieme, – rispose Daniele, incredulo. Dovevamo prendere un autobus diverso, che in cinque minuti ci avrebbe portati a casa sua. – Ora chiamo mia madre, le dico che Linh deve preparare anche per te.

Tirò fuori il cellulare mentre con l'altra mano si teneva alla sbarra dell'autobus.

Mi ero sempre immaginata che l'autobus per andare a Vigna Clara non avesse un cattivo odore, che i passeggeri fossero piú distinti, eleganti, ma ovviamente erano uguali agli altri.

Una mamma con un bambino piccolo prenotò la fermata e si avvicinò alle porte. Daniele si alzò per aiutarla, scese dall'autobus tenendo il passeggino per le due ruote anteriori, la mamma ringraziò e lui risalí a bordo, tornò al posto vicino al mio.

Quando entrammo in casa sua, all'ultimo piano di un condominio con le scale lucide, ci venne incontro di corsa un cane grigio e magro, alto quasi quanto noi. Daniele disse: – Artú stai buono, – e quello obbedí, steso sul tappeto, con la lingua di fuori.

– Hai paura? – chiese, e io risposi di no. Allora fece cenno di avvicinarmi, lo accarezzammo insieme sotto la pancia.

Camera sua sembrava quella di un adulto, le pareti erano bianche e senza poster o cartoline o biglietti dei concerti attaccati. Solo una foto della Prima comunione incorniciata sopra il letto. Aveva le mani giunte e le guance arrossate, i capelli tagliati cortissimi che accentuavano la fronte bassa, l'attaccatura troppo vicina alle sopracciglia.

– È mia madre che ce l'ha messa, – disse. Stava facendo ordine sulla scrivania, nervosamente. Infilava fogli nei cassetti, spostava i portapenne, buttava cartacce nel cestino e ogni tanto mi guardava. Gli dissi che io non avevo fatto la comunione, e che addirittura né io né mio fratello eravamo stati battezzati.

Smise di armeggiare con le sue cose e si sedette sul letto. – Ma guarda che infatti neanche io ci credo in Dio –. Alzai le sopracciglia e posai lo sguardo sulla catenina con la croce che portava al collo, lui se la rimise subito dentro il colletto.

Seduti al tavolo del salone, mangiammo il purè di patate e le crocchette preparate da Linh, con Artú che veniva ogni tanto a elemosinare del cibo. – Solo se ti metti seduto, – diceva Daniele con il dito puntato a terra.

Studiammo fino a tardi in camera sua, ripetendo ad alta voce le regole degli accenti e facendoci domande trabocchetto a vicenda. Avevo voti migliori dei suoi, ma lui era dotato di un rigore a me sconosciuto. Mi vietò di fare pause frequenti, di andare al computer per aprire YouTube, di studiare sdraiata a letto. Quando era molto concentrato a scrivere qualcosa, teneva la lingua tra le labbra, un gesto che lo rendeva simile alla foto incorniciata sopra il letto, ma evitai di dirglielo.

Quel pomeriggio scoprii che studiare con Daniele era meglio che studiare da sola, e poi con lui le parole mi venivano fuori senza che dovessi starci a pensare.

Gli raccontai di quanto odiavo vivere alla Giustiniana, di mia madre che aveva iniziato a chiedermi se avevo il fidanzatino. Lui stava a sentire senza interrompermi. Disse che avrebbe voluto fare lo scientifico, e che sua madre e suo padre non erano mai a casa perché facevano i primari in ospedale tutti e due. Risi quando parlò delle sue cugine e di quanto erano viziate e in fissa con la moda: – Non hai idea di come si vestono per andare al mare –. Accese il Mac e mi mostrò le foto delle vacanze che facevano tutti insieme, in agosto. Si tirò indietro i capelli e tamburellò sul tappetino del mouse. Disse: – Mia madre mi permette di portare qualcuno, se voglio. Abbiamo un sacco di posti letto.

Raschiò un po' di catarro che gli si era fermato in gola e si tolse il maglione, poi iniziò a cercare delle gomme da masticare nello zaino. Quando si chinò, i pantaloni scoprirono un pezzo di sedere, distolsi lo sguardo in fretta.

Sul desktop, accanto all'icona del cestino, c'era una cartella che si chiamava «Giochi», ci cliccai sperando di trovare The Sims.

Feci in tempo a intravederle. Una sfilza di immagini di gente nuda, uomini e donne che facevano sesso, fermi in varie posizioni plastiche. Non erano frame di un porno, sembravano piuttosto le immagini di qualche catalogo informativo, di un'enciclopedia illustrata. Ne ricordo una, ancora adesso. Lo sfondo era celeste e il maschio stava in piedi a occhi chiusi. La testa della donna spariva tra le sue gambe, lui la teneva per i capelli.

Sentii un rumore strozzato, Daniele mi strappò il mouse di mano e bianco in faccia disse: – No, queste no.

– Scusami, – feci io, e tornai alla mia sedia. Lui balbettò qualcosa, chiuse lo schermo del computer e io tornai con la testa sul libro di greco.

Mi tremavano un po' le mani per l'adrenalina, era impossibile restare concentrata.

Mentre mi accompagnava alla porta e si voltava per salutarmi, Daniele mi guardò con degli occhi di supplica, spalancati e imploranti. Allora lo salutai senza aggiungere niente e in cortile incrociai quella che doveva essere sua madre, di ritorno dal lavoro, la valigetta da medico in mano e corti capelli biondi, la fronte bassa.

Nelle settimane seguenti, senza che ci fosse bisogno di dire nulla, io e Daniele continuammo a vederci dopo scuola, a pranzare a casa sua con il cibo preparato da Linh.

In fondo era stato questo a permetterci di rimanere amici: fare finta di niente. A volte è l'unico modo per stare vicino a qualcuno.

3.

Anche Daniele era stato invitato alla festa, una delle migliori amiche di Irene era sua cugina, ma non voleva andarci. Sarebbe stato tremendo, diceva che lo invitavano solo perché erano obbligate dai genitori.

– Stavolta sarà diverso, – gli dissi. – Ci sono anch'io.

Mi raccontò che la famiglia di Irene aveva una casa con un terrazzo enorme in piazza Cavour. – Alle feste chiamano il deejay. Si può fumare anche dentro, ma io e te tanto non fumiamo. Ah, e poi ovviamente devi vestirti decente.

Dovevo comprarmi dei vestiti nuovi. Pantaloni stretti Brandy, una maglietta corta, magari anche un paio di orecchini a cerchio. L'ultima festa a cui ero stata era il compleanno di una compagna di classe delle medie, in pizzeria. Alle dieci e mezza ero già a casa.

Venerdí mattina dissi a mia madre della festa, che sarebbe stata sabato a casa di un'amica. Come si chiama quest'amica, quante persone ci saranno, a che ora finisce.

– Venitemi a prendere a mezzanotte.

– Ne parlo con tuo padre, – e io per tutta la giornata a scuola provai a concentrarmi sulla lezione senza riuscirci. Temevo che decidessero di no, che non se ne parlava neanche.

Mentre la professoressa spiegava la differenza tra monomio e polinomio io pensavo che mai, neanche morta, mi sarei messa gli occhiali alla festa. Avrebbero dovuto solo provarci, a propormi di metterli. Sentivo una rabbia montante, fiamme nello stomaco che non mi fecero mangiare nulla all'intervallo di metà mattina e niente neanche a pranzo.

Quando mio padre tornò a casa gli chiesi: – Allora?

– Aspettiamo tua madre, – rispose lui. Lei dal lavoro arrivava piú tardi, la strada da piazza Mazzini era lunga e se la faceva in Vespa.

Dopo cena aiutai a sparecchiare. Mio padre chiuse la porta della cucina, lasciando mio fratello sul divano a giocare alla Play.

– Ci abbiamo pensato, – disse. – Puoi andare.

Mi venne voglia di abbracciarli. – A una condizione –. Guardò mia madre che gli fece cenno di continuare. – Porti gli occhiali con te e al minimo problema, guardami Livia, al minimo problema tu te li metti. Hai capito?

– Sí ho capito.

– Se ti senti stanca o ci vedi molto offuscato, mi chiami e ti vengo a prendere. Va bene?

– Va bene.

La mattina dopo andai con mia madre a comprare una maglietta a maniche lunghe argentata, che lasciava scoperto uno spicchio di pancia, e dei jeans stretti, strappati sulle ginocchia.

A casa, da una scatola in fondo all'armadio, tirò fuori degli orecchini d'oro a forma di foglia, me li fece provare. Poi mi pettinò i capelli e mi truccò con una linea di matita blu. Gli orecchini non mi piacevano, erano da anziana, ma li misi lo stesso per non offenderla.

Mi prestò la sua borsetta, dentro ci infilai il cellulare, il portafogli e la custodia lunga con gli occhiali. Quando mi salutò, sulla porta, disse: – Quanto sei bella.

In macchina mio padre canticchiava la musica che passava alla radio.

– Divertiti, – disse mentre aprivo la portiera. – Dopo ti faccio uno squillo e scendi.

Citofonai. Dalla strada si sentivano i bassi della cassa, un vocio confuso di persone e risate.

Irene aprí la porta, si era piastrata i capelli che le arrivavano all'ombelico, aveva i brillantini sulle palpebre. Quando mi abbracciò, sentii il suo profumo dolciastro.

C'era davvero un deejay, sulla terrazza, e le luci stroboscopiche illuminavano a intermittenza i ragazzi piú grandi che avevo visto a scuola e che ballavano e fumavano in quel salotto dalle pareti bianche.

Una parte di me aveva pensato che appena fossi entrata tutti si sarebbero girati per guardarmi. Un mormorio diffuso tra gli invitati, *eccola, è lei*, e poi si sarebbero avvicinati per parlarmi.

Adesso invece Irene era sparita e io non sapevo che fare. Presi un bicchiere di birra e uscii in terrazza. C'erano delle ragazze dall'aria annoiata che fumavano su una panchina con le gambe accavallate, le caviglie sottili che ruotavano prima da una parte poi dall'altra.

Feci finta di aver ricevuto un sms e guardai il cellulare. Dov'era Daniele? Aveva detto che ci sarebbe stato, che saremmo stati insieme.

– Eccoti, vieni con me, – sentii Irene che mi prendeva per mano, mi trascinava su per una scala a chiocciola avvolta dai rampicanti, fino a un'altra parte della terrazza da dove si vedevano i tetti delle case vicine, rosse e arancioni, e poi piú in là niente. *Dovrebbe vedersi Castel Sant'Angelo, di sera è illuminato di rosa.* La luna tonda incombeva sopra le nostre teste.

– È pazzesco quassú.

– Sí, lo so, – disse lei facendomi un sorriso con quelle labbra piene e bordate di rosso.

La guardai camminare verso i suoi amici, passi veloci e agili da stambecco. Fece segno di seguirla. Due ragazzi piú grandi stavano seduti a gambe incrociate, uno si chiamava Lorenzo, era rappresentante di istituto. Indossava una maglietta larga e grigia, e non la camicia come tutti gli altri. Rise per qualcosa che avevano detto i suoi amici, poi alzò gli occhi su di me.

– Ti siedi con noi? – domandò, mentre l'altro chiedeva a Irene se aveva da accendere, ma io avevo visto Daniele in un angolo, vicino al tubo verde dell'acqua.

– Ohi, – dissi toccandogli un braccio. Stava chino in avanti, armeggiava con il rubinetto cercando di aprirlo. – Tutto ok?

Si girò, lo sguardo perso nel vuoto, alzò due pollici in aria.

Avvicinò il tubo alla bocca, bevve bagnandosi la camicia. Non riusciva a stare in equilibrio, lo aiutai a tirarsi su.

– Sei ubriaco? – Chiuse gli occhi e si premette le tempie con le mani, come se si stesse sforzando di ricordare qualcosa. Poi scrollò la testa. – Sei arrivata in ritardo.

– C'era traffico, – dissi.

– Certo –. Fece un sorrisetto, si sistemò la camicia nei pantaloni. Aveva le iniziali ricamate sui polsini e sul taschino, una D e una V in corsivo che si sfioravano senza toccarsi.

– Andiamo di là con gli altri, ti va? – Indicai i ragazzi che ballavano, uno si era messo la cravatta in testa. Si muovevano a ritmo. Volevo imparare come si faceva, vedere se ne ero capace, farmi insegnare.

– Vai te, – disse. Barcollò indietro, mise un piede sul faretto che illuminava la siepe, oscurando per un attimo la luce.

– Sei sicuro?

Mi misero un bicchiere di gin tonic in mano, aveva un sapore orrendo. Ne bevvi metà mentre mi sforzavo di guardare gli altri e imitarli, farlo sembrare un gesto disinvolto. Lorenzo venne verso di me, il corpo slanciato e la barba di un adulto, mi prese per mano e mi fece volteggiare per una, due volte. Aveva le mani calde. Risi e rovesciai un po' del gin tonic per terra. Lorenzo mi fece bere il suo, dalla sua cannuccia.

Poi sentii la testa leggera, e la siepe che girava tutta intorno al terrazzo mi parve proteggermi, proteggere quel momento e la persona che stavo diventando in quegli istanti, la persona che avevo sempre sospettato di dover diventare. Eccomi, sono io, pensai. Ero destinata a stare qui.

Lorenzo mi fece l'occhiolino e si girò verso gli altri. – Do sta Daniele? – urlò. – Sul muretto, – rispose qualcuno.

– Rigà, ha sbrattato, – annunciò poi Lorenzo. Teneva Daniele per il polso, come se da un momento all'altro dovesse alzarglielo e decretarlo vincitore di un incontro di boxe.

– Che schifo cazzo, – gridò una ragazza. Irene diventò isterica, Lorenzo le disse: – È tuo cugino, lo dovevi sapere che è un coglione.

– Non è mio cugino, cazzo, è il cugino di Ludo –. Si allontanò per cercare la sua amica, – ora la pulisce lei questa merda, – e Lorenzo le andò dietro.

Mi avvicinai a Daniele, gli chiesi come si sentiva. Si era accasciato a terra, la testa in mezzo alle gambe. – Vado dentro a prenderti qualche fazzoletto, dell'acqua –. Sospirò e si tirò i capelli indietro. Aveva messo la gelatina, di nuovo. – Te non ci vuoi rimanere sola con me. Mai.

– Ma non è vero, – gli dissi. Mi tirai giú la maglietta e mi strinsi nelle braccia. Ora che mi ero fermata e non ballavo piú, avevo la pelle d'oca. Finii il gin tonic in un sorso.

– Non mi tocchi neanche, – continuò. – Neanche per sbaglio. Agli altri glieli dai i due bacetti sulla guancia quando li saluti, a me niente –. Lo diceva con tono concitato ma senza esitazioni, come se avesse pensato e poi ripetuto quelle frasi piú volte.

– Ma sí che ti tocco.

Scosse la testa. – Lo sai che mi dicono per colpa tua?

Un rumore di passi veloci sulla scala a chiocciola. Mi guardai attorno, Lorenzo e Irene dovevano tornare a momenti, ma non arrivò nessuno. Dissi a Daniele: – Adesso vado a prenderti un po' di scottex, – ma quando feci per alzarmi mi accorsi che la terrazza era troppo buia. Delle nuvole avevano coperto la luna, i faretti sotto alla siepe erano lontani e flebili.

– Lascia stare lo scottex, – disse Daniele. Alzò la testa e mi guardò negli occhi. – Mi dicono che sono un frocio, che stiamo sempre insieme e manco un bacio.

Distolse lo sguardo e rimise la testa in mezzo alle gambe. Teneva le mani aggrappate alle caviglie.

– Ma chi è che te lo dice?

– Che te ne frega –. Fece uno, due respiri profondi, cercando di ricacciare la nausea indietro.

Mi guardò di nuovo, l'espressione un po' addolcita.

– Insomma, non importa chi è che lo dice.

Tirava un vento freddo che mi si infilava sotto la maglietta. Avevo però il collo caldo, le orecchie quasi bollenti. Mi legai i capelli e a terra cadde qualcosa, un tintinnio.

– Ti perdi dei pezzi, – disse Daniele.

Poi mi indicò un punto vicino alle mie scarpe e disse: – Sta là.

Ma là dove. Disse che non ce la faceva ad alzarsi, che era vicino al mio piede.

Vicino al mio piede, pensai. C'è un punto vicino al mio piede ed è lí che il mio orecchino è caduto, l'orecchino a forma di foglia che non ho avuto il coraggio di lasciare a casa perché mia madre ci sarebbe rimasta male. Guardo in basso, vedo il mio piede, ma oltre al piede non c'è nessun punto.

– Oh Livia, ce la fai? – Daniele indicò il punto con un gesto spazientito, e io guardai di nuovo. Nello stomaco sentii il leggero senso di vuoto che si prova quando ci si aspetta di salire l'ultimo gradino e invece poi le scale sono finite, l'ultimo gradino è già passato.

– Ora lo prendo. Un attimo.

– Rischi che te lo pestano –. Daniele si era alzato, barcollando un po', e adesso teneva in mano l'orecchino a forma di foglia, un punto di luce dorata tra il pollice e l'indice.

– Tieni –. Fece per scostarmi i capelli e d'istinto mi ritrassi.

– Lo vedi? – Scosse la testa. – C'hai paura che ti attacco la lebbra.

Ruotò un dito in aria, posò il polpastrello sulla mia spalla. – Toccata, – disse, con un sorriso tirato.

– Dani, ridammi l'orecchino.

– Altrimenti che fai? – Mi toccò ancora con il dito, stavolta sull'altra spalla, schiacciando un po'.

– È di mia madre.

Premette l'indice sul mio sterno, per un secondo. Ci passai la mano sopra, mi sembrò che bruciasse.

– Hai visto? Non succede niente se ti tocco.

– Smettila, non mi fa ridere –. Cercai di aprirgli le dita della mano destra, serrate come tenaglie. Lo graffiai con le unghie, mi strinse il polso. Tirai il braccio per liberarmi, mi tenne stretta, disse: – Stai ferma.

Sentivo il suo respiro affannato, e sentivo anche le persone in basso e attorno a noi che continuavano a ridere e a parlare, ma non vedevo piú la terrazza e neanche la luce rosa di Castel Sant'Angelo, piú in là oltre gli alberi in fondo.

– Stai ferma e te lo ridò.

– Aspetta, non sto tanto bene, – iniziai a dire.

Il suo corpo cosí vicino sapeva di vino e sudore e un profumo da uomo che a scuola non metteva mai. Pensai che volesse abbracciarmi.

– Non sono frocio, – mi disse all'orecchio.

Sentii la sua mano scivolare sotto la maglietta e poi dentro il reggiseno. La tenne lí per qualche secondo.

Rimasi immobile. Pensai che avevo lasciato la borsa all'entrata, e che nella borsa c'erano gli occhiali. Dovevo prenderli, metterli, capire se con gli occhiali avrei smesso di vedere quei punti vuoti che continuavano a moltiplicarsi, se con gli occhiali sarebbero ricomparse le persone, il mio orecchino, la faccia di Daniele che stava attaccata alla mia, le sue dita ancora sotto la mia maglietta.

Spostati, dissi. All'inizio solo nella mia testa, poi lo urlai: – Spostati.

Gli diedi una spinta con tutta la forza delle braccia che si erano fatte molli, inutili.

Daniele fece un passo indietro, disse: – Con calma, te lo stavo ridando.

Tirò in aria il punto di luce dorata, cercando di farlo roteare e poi riprenderlo, ma gli cadde a terra. Pensai che era patetico, mentre si chinava per raccogliere l'orecchino di mia madre.

Avevo la gola chiusa e dolorante, gli occhi mi pizzicavano. Disse di nuovo: – Te lo stavo per ridare.

La sua mano sulla spalla, che voleva fare, consolarmi?, mi disse: – Senti.

Era sporco ai lati della bocca e sulla camicia c'erano delle macchie grigiastre. – Tu sei la piú bella della classe, la piú bella di tutte, e sei anche la mia compagna di banco, lo capisci? Che devo fare Livia, me lo dici tu che devo fare? – Sembrava davvero disperato.

Lo scansai inorridita, gli dissi che non doveva toccarmi mai piú. – Non mi devi guardare. Non guardarmi e basta.

Irene mi avrebbe aiutato a riprendere la borsa. La chiamai, *Irene*, ma lei non mi sentiva, la musica sovrastava il mio urlo. Sembrava fossimo rimasti solo noi due lí.

Provai a fare qualche passo, Daniele disse: – Scusami, vieni qui, da sola non ce la fai, – mi prese sottobraccio.

Gli urlai che non mi doveva toccare mai piú, che non l'avrei mai toccato, che non avevo mai desiderato toccarlo, neanche una volta.

Si fermò, come se gli fosse venuto in mente qualcosa, all'improvviso. Sfilò il braccio dal mio, dalla bocca gli uscí un grugnito e nel cielo per un istante vidi il luccichio dell'orecchino dorato. L'aveva lanciato lontano, ancora piú lontano della scuola, di casa mia alla Giustiniana, del ponte con le aquile e le prostitute.

4.

Nello studio di Rimbaldi ci entrai da sola. Avevo lasciato mia madre e mio padre fuori, per la prima volta rimanevano nella sala d'aspetto con la segretaria e il cestino di caramelle. Mio padre ne aveva scartata una, all'arancia. «A tra poco», mi aveva detto.

Il dottore fece cenno di accomodarmi sulla poltrona di pelle davanti alla scrivania. Sfogliò il fascicolo che avevo portato, dentro c'erano i fogli che ripercorrevano quella che lui chiamava «la situazione fin qui».

– Tuo padre è sempre calmo, – disse. Per scorrere meglio i fogli tirava fuori la lingua e si umettava il dito. – Tranne stavolta –. Non era sicuro di aver capito l'accaduto, al telefono, mi chiese di spiegarglielo.

Iniziai da quando ero salita in terrazza. C'era la luna piena, dissi, ma le nuvole l'avevano coperta.

Domandò se c'erano delle luci artificiali, gli risposi che sí, c'erano. Dei faretti a terra e forse una lampada piú grande, una piantana. A un certo punto, dissi, avevo avuto l'impressione che quelle luci non fossero abbastanza.

Annuí, gli occhiali spessi adagiati sul naso da cui sbucavano dei peli lunghi, bianchi come i suoi capelli. – Te ne sei accorta da un momento all'altro?

Risposi di sí, era successo in fretta. Mi era caduto un orecchino a terra, e quando avevo provato a riprenderlo non c'ero riuscita.

– Cosa vuol dire che non sei riuscita, spiegami meglio.

Ascoltai la mia voce dire che non sapevo spiegarlo, che non c'ero riuscita e basta.

– Come se fosse scomparso?

– Sí, – risposi, ma non era esatto. Non era scomparso l'orecchino, pensai, era scomparso il punto in cui l'orecchino era caduto. Come se ci fossero dei buchi, adesso, dei buchi neri in cui le cose venivano risucchiate. Ma non glielo dissi. Gli spiegai che poi ero stata meglio, che la sera successiva ci vedevo di nuovo come sempre.

Lui non commentò, mi chiese di passargli gli occhiali, per favore. Me li tolsi. Poi tirai fuori la questione che piú mi tormentava. – Se vuol dire che devo mettermi gli occhiali sempre, anche di sera, io lo faccio.

Il dottore scrisse qualcosa su un nuovo foglio, mi chiese se a scuola sentivo gli occhi affaticati.

No, risposi, a scuola non avevo problemi. Solo il pomeriggio, a volte, li sentivo pesanti, ma bastava starmene con le palpebre abbassate per qualche minuto e passava.

La sera della festa gli occhi erano piú pesanti del solito, piú pesanti di sempre, e tenerli chiusi non aveva funzionato. A casa metto il collirio, avevo pensato.

Il dottore intanto mi aveva chiesto di sedermi sulla poltrona nera, per visitarmi. – Userò le lenti pochissimo, – dissi. – Dovevo metterle di meno, non sono stata molto attenta.

Rimbaldi misurò la pressione del mio occhio destro, di quello sinistro, lo sbuffo d'aria improvviso mi fece sobbalzare come al solito, poi la casetta rossa nel prato verde e le lettere sul cartellone. Non ero mai riuscita a proseguire oltre le tre righe e non ci riuscii neanche quella volta. Le lettere dalla quarta riga in poi non le distinguevo. Diventavano minute, piccole come spilli.

Devo fare la brava, pensai, mentre Rimbaldi osservava il mio occhio da vicino con il suo macchinario bianco. Dovevo fare la brava e dimostrare a mia madre e a mio padre e anche al dottore che ero una ragazza responsabile. Avevo indossato le lenti a contatto per tutte quelle ore anche se loro mi avevano detto di non farlo, di stare attenta. Non ascoltavo mai. Mia madre se ne lamentava spesso, ed era vero.

Sarò attenta, da adesso in poi.

Il dottore disse che poteva bastare, si staccò dal macchinario e mi riconsegnò gli occhiali.

Disse: – Vado a chiamarli, – e uscí dallo studio.

Mio padre entrò per primo, in mano teneva ancora la carta della caramella, la buttò nel cestino accanto alla scrivania e mi passò una mano sulla testa. Si sedette accavallando le gambe, mia madre vicino a lui. Non era un uomo molto alto, ma aveva un modo di occupare lo spazio, un atteggiamento in apparenza sicuro e un po' distaccato, che lo faceva sembrare piú massiccio di quanto fosse in realtà.

Mi era sembrato grande, altissimo, quando era arrivato in terrazza gridando «Livia», e poi «cos'è successo», e mi aveva chiesto se avevo bevuto, se mi avevano dato qualcosa, l'aveva chiesto anche a quelli che erano rimasti sulla terrazza. Non sapevo bene chi fosse ancora lí. Irene era andata via? E Lorenzo?

Sapevo per certo però che Daniele mi stava accanto, mi teneva stretta, continuava a dirmi «prova a fare un passo, solo uno». «Non ci riesco, – gli rispondevo, – non posso muovermi, vai a chiamare Irene».

Quando mio padre era arrivato, la presa di Daniele sul mio braccio si era allentata. «Si è bloccata», aveva risposto Daniele, poi mio padre l'aveva scansato e l'aveva chiesto a me: «Livia, cos'è successo».

Eravamo scesi dalla scala a chiocciola un passo dopo l'altro. Appoggiata a mio padre, cosí grande, mi sembrava di poterci riuscire, di poter mettere a terra il piede sinistro e poi quello destro, scendere fino a giú a occhi chiusi nella nebbia, sentire le voci intorno a me che sussurravano «quella che ha?»

Uscivamo da casa, prendevamo l'ascensore, e io avevo ancora le voci della festa nelle orecchie, «che figura di merda», aveva detto qualcuno, «ma quanto ha bevuto».

Mio padre aveva chiuso la portiera, avviato il motore. Si grattava la testa e continuava a girarsi verso il lato del passeggero, verso di me. Aveva chiesto se avevo freddo e, senza aspettare che rispondessi, aveva alzato il riscaldamento al massimo e recuperato un vecchio maglione che teneva nel sedile dietro. Me l'aveva posato sopra le spalle, c'era riuscito con una mano sola mentre continuava a guidare. Il maglione sapeva di tabacco e ammorbidente.

Allora avevo riaperto gli occhi, mi ero girata verso di lui. Gli avevo detto: ho perso un orecchino di mamma.

Il dottor Rimbaldi quel giorno disse ai miei genitori che le cose stavano andando come previsto.

– Certo, un po' precoce. È giovane, in genere ci vogliono anni per riscontrare sintomi cosí evidenti.

Si tolse gli occhiali e li alzò sopra la testa. Era uno di quei miopi che senza occhiali sembra nudo, come se gli mancasse il naso, la fronte, l'intera bocca.

Io non ero una miope di quel genere lí. Io senza occhiali stavo bene, avevo gli occhi grandi, la faccia libera.

– Non mi metterò piú le lenti a contatto, – dissi, ma il dottore alzò una mano.

– Livia, ascoltami bene. Tu le prendi sempre quelle vitamine, giusto?

Mia madre rispose al posto mio: sí, tutti i giorni. Era lei a metterle accanto alla mia tovaglietta della colazione, in fila, ogni mattina dal primo anno di medie.

Il dottor Rimbaldi annuí soddisfatto, ripeté che non dovevamo saltare neanche un giorno. Mi avevano aiutato molto fin lí, avevano fatto davvero un buon lavoro. – Continuerai a prenderle, di certo non possono guastare.

Si era fatto serio. Utilizzò una parola che conoscevo, *visione*, e una parola che non conoscevo, *tubolare*.

– La visione tubolare è quello che ti è successo a questa festa. È uno dei sintomi della retinite pigmentosa, – continuò, – ci sarà un progressivo restringimento del campo visivo.

Tirò fuori un foglio plastificato, lo mise sopra la scrivania, in mezzo, cosí che lo potessimo vedere bene.

C'erano tre immagini, la prima era la foto ravvicinata di un pallone da calcio e del piede che stava per colpirlo, la seconda era la stessa foto ma con un'ombra scura ai bordi, cosí che le uniche cose visibili erano un tacchetto dello scarpino, una fetta di pallone.

– È colpa della perdita dei fotorecettori, – insisté il dottor Rimbaldi. Con la punta di una penna indicò la terza immagine, un bulbo oculare arancione disseminato di puntini neri. – Qui, – disse. – Questi sono grumi di pigmento. Il fondo del tuo occhio è pieno di questi grumi qui, Livia.

Mi venne da portare una mano alla faccia per chiudermi le palpebre, pensai che non volevo avere quell'occhio lí, quei puntini facevano impressione. Anche il mio era arancione?

Il dottore disse che quello di tutti è arancione. – Ma il tuo è compromesso da una degenerazione del tessuto retinico.

A quel punto mia madre parlò. Se n'era stata zitta tutto il tempo dopo aver stretto la mano del dottore, appena entrata.

– Mi scusi eh, – disse. Si fece piú avanti sulla sedia.

Aveva fatto da poco l'henné rosso ai capelli, e per qualche giorno a ogni movimento, anche piccolo, l'aria attorno alla sua testa si riempiva dell'odore acido della terra bagnata.

Con tono deciso, come se fosse lei la dottoressa, spiegò che gli accordi non erano mai stati quelli. Si era detto, asserí, che un'assunzione costante di quegli integratori (si trattava, gli ricordò, di tre capsule al giorno: vitamina a, luteina, omega 3) avrebbe rallentato tutto. Che sarebbero passati degli anni, che avremmo avuto tempo almeno fino all'università.

Rimbaldi alzò le spalle. – Mi dispiace signora, ma è una malattia imprevedibile. Abbiamo fatto il possibile. Non vi preoccupate però, adesso mettiamo su un bel piano d'azione –. Mi fece un sorriso, poi iniziò a scrivere qualcosa su dei fogli bianchi con sopra stampato il suo timbro.

– Mi scusi ma forse non ho capito bene –. Mia madre premette un dito sulla scrivania del dottore, cosí forte che la punta divenne bianca.

– Possiamo fermarci un secondo? – chiese. Stava cercando di controllare la voce e la rabbia perché il dottor Rimbaldi le piaceva, l'aveva sempre trovato simpatico.

– Ho bisogno di capire meglio, – disse. Poi si girò verso mio padre. – *Abbiamo* bisogno di capire meglio, tutti quanti.

Rimbaldi inforcò di nuovo gli occhiali, disse: – Ma certo, signora.

Si sistemò indietro sullo schienale, incrociò le dita sulla pancia.

– Sua figlia inizierà sempre di piú a non vedere bene di sera. E potrebbe andare molto peggio rispetto a questo episodio. Anzi, sicuramente andrà peggio. Con il tempo la visione periferica si assottiglierà, i colori saranno difficili da distinguere, non avrà piú la percezione della profondità e del contrasto. Si ridurrà l'acuità visiva. Dopo il crepuscolo diventerà spiacevole per Livia uscire, fare le cose che fanno le ragazzine della sua età. Anche di giorno potrebbero esserci problemi, con le luci piú forti. Potrebbe rimanere abbagliata, per questo gli occhiali da sole sono obbligatori.

Sventolò l'indice nella mia direzione, fece un sorriso bonario per non sembrare troppo severo.

– In ogni caso, il problema maggiore rimane la sera. La percezione visiva di Livia continuerà a peggiorare. Non possiamo ancora sapere come, o quanto. Ma siamo sicuri che peggiorerà.

Il dito di mia madre era rimasto puntato sulla scrivania, mio padre si schiarí la voce e disse: – Sono andato a cercare il posto di cui mi parlava, dottore, il centro Santa Lucia. Sembra buono. Betta, ti piacerebbe molto. A casa ti faccio vedere le foto al computer.

– Un centro, – disse mia madre.

– Sí, diciamo che è un istituto, piú che altro. È molto prestigioso, potremmo andare a parlarci.

Mia madre chiese quand'è che ne avevano parlato, lui e il dottore, cos'era quest'istituto, *dottore, gradirei esserci anche io quando parlate di queste cose*.

Guardava mio padre con lo sguardo che da piccola avevo paura mi incenerisse, con quegli occhi che le diventavano piccoli e duri.

Betta, disse mio padre. Provò a metterle una mano sul braccio, lei rimase immobile.

– Betta, forse è arrivato il momento di prendere un po' in mano questa faccenda. L'altra sera è stato terribile. Io non voglio piú che Livia si ritrovi in quella situazione. Voglio che riesca a cavarsela, sempre.

– Va bene, – disse lei. – Ed è per questo che volete spedirla in un posto per ciechi.

– Non parlare cosí –. Mio padre si era voltato verso di me con lo sguardo preoccupato.

– E come dovrei parlare scusa.

– Non vogliamo spedirla da nessuna parte, signora, – intervenne Rimbaldi. – È solo un'idea, per adesso.

– È una *buona* idea, Betta. La aiuterebbero, e pure noi staremmo piú tranquilli.

Mi sforzai di immaginare come potesse essere fatto un posto per ciechi, cosa avrebbe significato per me entrarci dentro. Pensai a un corridoio lungo e senza finestre, a persone che lo percorrevano lentamente tenendo le mani stese davanti a sé.

Mia madre iniziò a rimettersi il piumino che aveva sistemato sullo schienale. Scuoteva la testa, a ogni movimento sprigionava l'odore di henné.

– Non ne capisco l'urgenza. Ci vogliono ancora anni, ma poi non la vedete?

Lasciò una manica del piumino, mi mise una mano sotto il mento, me lo alzò.

– È bella come il sole.

Si alzò dalla sedia. – Livia, accompagnami a prendere una boccata d'aria, – disse.

Mi prese per mano, le restituii la stretta.

5.

Quell'inverno mi prese un'abitudine che poi non abbandonai piú, neanche nei mesi e negli anni successivi. Iniziai a seminare lenti a contatto in giro.

I miei genitori avevano stabilito che stare cinque ore al giorno senza occhiali fosse una soluzione ragionevole. D'altronde gliel'aveva detto anche l'oculista: ormai non avrebbe fatto alcuna differenza e tanto valeva continuare a indossarle, se mi aiutava.

Ero cosí sollevata che per un po' non pensai che la mia vita fosse cambiata.

Non potevo dimenticare quello che aveva detto Rimbaldi, ma quando tornai a casa e aprii la porta della mia camera vidi che ogni cosa era ancora al suo posto, e il resto, quelle parole nuove e la paura e il disagio che avevo respirato nello studio del dottore, tutto mi sembrò posticipabile, una questione da affrontare in seguito, quando sarei stata piú grande.

Sarebbe stata un'altra Livia a occuparsi della malattia, pensavo, una persona adulta, capace, che non aveva molto da fare.

La Livia di quel momento, invece, la Livia che viveva in quel corpo lí e che aveva quel colore degli occhi lí, quella Livia non aveva tempo da perdere.

I miei avevano deciso che un paio di giorni a casa non mi avrebbero fatto male, *cosí ti riposi un po'*. Rimasi a letto a guardare due stagioni di seguito di *Una mamma per amica* in dvd.

Sentivo mia madre e mio padre che litigavano sommessi nella camera accanto, e se mi avvicinavo alla porta per ascoltare, subito se ne accorgevano e la chiudevano a chiave, come se quel gesto potesse anche abbassare le loro voci.

La sera prima di tornare a scuola iniziai ad agitarmi. Cercai di immaginare cosa avrebbero detto i miei compagni, nessuno avrebbe piú voluto invitarmi a una festa.

Chi è che si faceva venire a riprendere dal papà? E in quel modo, poi. Avevo camminato a occhi chiusi su quella scala a chiocciola e giú in mezzo alla folla, a ripensarci mi bruciavano le orecchie dalla vergogna.

Ma a scuola nessuno fece cenno all'accaduto, né il giorno dopo né mai piú.

Anzi, scoprii in seguito che pensavano fossi ubriaca, o che magari avessi fumato dell'erba e che quindi mi fossi un po' imparanoiata.

Tutto qui.

Iniziai a passare la ricreazione in cortile con il gruppo di amici di Lorenzo. Era stato lui a venirmi a cercare in classe, il giorno in cui ero tornata. «Stai con noi», aveva detto. Mi elettrizzò sentire lo sguardo delle mie compagne addosso, mentre uscivo dall'aula insieme a quel ragazzo alto, barbuto, *un uomo quasi*, e raggiungevo i suoi amici che fumavano seduti a terra, con il cappuccio tirato su per il freddo.

A un certo punto, dopo giorni di titubanza, provai anche io a fare un tiro. Giulia, che aveva la frangetta cortissima e un anellino al naso, mi passò la sua Lucky Strike, ma dopo due tiri e un po' di tosse decisi che non me ne fregava molto, e finí lí. Giulia si riprese la sigaretta e continuò a parlare dell'esame.

Era l'argomento principale, l'esame di maturità.

Giulia e Filippo speravano che uscisse greco, ma secondo Lorenzo c'erano poche probabilità: sarebbe stato latino, tanto valeva abituarsi all'idea.

Quando Lorenzo parlava i suoi amici annuivano, perché era quello con i voti piú alti, il piú intelligente. Portava sempre con sé, nella tasca dietro dei jeans, un tascabile Einaudi sbiadito, che aveva comprato alle bancarelle dell'usato di piazzale Flaminio.

Sapeva molte cose di politica che io ignoravo completamente, lo stavo a sentire mentre parlava degli israeliani e dei palestinesi, della riforma Gelmini. Leccava la cartina del drum e mi sorrideva appena, senza farsi scoprire dagli altri.

Stare lí in mezzo a loro, anche solo per i quindici minuti della ricreazione, mi dava l'illusione di essere anche io piú grande, di avere quasi diciott'anni e aver saltato, con un balzo aggraziato, tre anni della mia vita.

Poi però la campanella suonava, e l'umore mi cambiava d'un tratto. Percorrevo il cortile e il corridoio per tornare in classe camminando lentamente, cosí che il tempo potesse in qualche modo espandersi. La sensazione di nausea arrivava subito, appena varcata la soglia. Evitavo di guardarmi attorno, raggiungevo il primo banco a destra e mi sedevo accanto a Lucrezia Pasquali che mi bisbigliava, accigliata: «Sei in ritardo di cinque minuti».

Anche la mattina cercavo di perdere tempo, gironzolavo fino a quando in corridoio la bidella mi diceva «ancora qui stai!» e mi toccava entrare.

Odiavo le interrogazioni alla lavagna, quelle in cui dovevo girarmi di spalle e risolvere le equazioni con il gessetto, perché sapevo che da lí in fondo, seduto all'ultimo banco vicino alla finestra, Daniele mi avrebbe guardato tutto il tempo.

Non ci eravamo piú parlati, dal giorno della festa. La professoressa di italiano, la Cursi, mi aveva anche risparmiato l'imbarazzo di dover chiedere di spostarmi. Era stata lei a propormelo, al mio rientro dai tre giorni di riposo.

«Mi hanno detto», aveva sussurrato dopo avermi presa da parte prima dell'inizio della lezione, «i tuoi genitori che magari è meglio se siedi un po' piú avanti, cosí ci vedi meglio». Avevo annuito. «E dimmi se ti senti male, in qualsiasi momento, capito? Se ti viene uno dei tuoi episodi».

Ero rientrata in classe senza voler sentire altro, era già abbastanza umiliante cosí. Avevo il sospetto che i miei l'avessero detto a tutto il corpo docenti.

Il vicepreside Roggero, che ci aspettava a braccia conserte davanti al gabbiotto del portiere e minacciava chi arrivava alle otto e quindici di mettergli una nota, *a scuola si entra per le otto e non oltre*, quando arrivavo io sembrava fare finta di non vedermi. Mi lasciava passare senza un fiato.

Lo chiesi a mia madre, ma era meglio non insistere con lei, in quel periodo. Se ne andava a letto quasi subito, certe sere cenava con una tazza di tè.

Mio padre mi sembrava rimasto quello di sempre, e con lui parlavo piú volentieri. Era lui a ricordarmi di togliere le lenti, tutte le volte che rientravo a casa. Apriva la mano per farmi il numero cinque, le ore consentite, e io sbuffavo ma poi ubbidivo. Quando mi rivedeva con gli occhiali faceva il pollice in su nella mia direzione, mentre parlava al telefono con qualche cliente.

Di sabato non si andava a scuola, e uscivo con Lorenzo e i suoi amici. Arrivavo in autobus fino a piazza Mancini, poi prendevo il tram 2 che mi portava a piazzale Flaminio. Loro mi aspettavano lí, accanto ai motorini.

Compravamo l'hot dog dai camioncini a Villa Borghese, poi salivamo su fino al Pincio, ridevamo dei turisti affacciati alla terrazza, stupiti da tutta quella bellezza.

A volte Giulia portava un telo e ci sdraiavamo sul prato accanto al Globe Theatre. Lorenzo passava la birra a Filippo e ci raccontava, indicando il tetto, che quel teatro era la copia esatta del Globe di Londra. «Identico, solo che siamo a Roma».

Gli piaceva andare a teatro, diceva che d'estate ci saremmo andati insieme, quando iniziavano gli spettacoli. Davano Shakespeare. L'invito sembrava esteso a tutti noi sdraiati su quel telo, ma in fondo sapevo che lo stava dicendo soprattutto a me.

Verso le cinque mi riaccompagnava in motorino fino a piazza Mancini, *ciao, fai la brava*, e mi guardava salire sul 201, Giulia sventolava la mano e se ne andavano via tutti insieme.

La regola era che dovessi tornare a casa prima del buio, e l'arrivo della primavera fu salvifico: potevo restare fuori anche fino alle sei, alle sette di sera, a volte anche alle sette e mezza se l'autobus ripartiva in tempo.

Capitava spesso di sforare le cinque ore, e allora quando scendevo alla fermata toglievo le lenti mentre camminavo, con le mani sporche, senza neanche appoggiarmi un attimo da qualche parte. Poi, sempre camminando, tiravo fuori dalla borsa gli occhiali, cosí mio padre era contento, si tranquillizzava, mi faceva il pollice in su appena entravo in casa.

Gli occhiali nel frattempo erano diventati piú pesanti, ma le mie orecchie si erano irrobustite.

Avevo l'impressione che i miei genitori trattenessero il respiro, ogni volta che il sole iniziava a scendere. Trattenevano il respiro loro, e anche io, e anche la mansarda intera, quella casa che diventava troppo piccola mentre io e mio fratello crescevamo.

Ma poi non succedeva mai molto, quando arrivava il buio: a volte c'erano ancora i *punti di vuoto*, come li chiamavo nella mia testa, e sbattevo il fianco contro il tavolo della cucina, oppure non prendevo bene le distanze e con la spalla colpivo lo stipite della porta. Magari perdevo un calzino e lo stavo a cercare per qualche secondo, ci voleva mia madre per ritrovarlo. Succedeva senza tragedie, senza che nessuno commentasse l'accaduto. Era diventata la normalità.

Ci fu solo un incidente, a scuola, quando una mattina senza pensarci mi sfregai gli occhi e cadde una lente sul quaderno. Chiamai mio padre e mi misi ad aspettarlo davanti al gabbiotto, gli chiesi di portarmi delle lenti a contatto nuove. Si arrabbiò, quella volta, e anche mia madre a casa disse che non era possibile. *Hai fatto venire tuo padre fino a scuola solo per questo, avevi gli occhiali con te, non ti potevi mettere quelli?* Urlai che le cinque ore ancora non erano scadute, che non capiva niente, mi alzai dal tavolo e andai in camera.

Piú tardi quella sera dissi a mio padre che mi dispiaceva. Rispose che non dovevo preoccuparmi, che tanto sarebbe comunque dovuto passare da quelle parti, per lavoro.

Annuii, poi decisi che era arrivato il momento di chiederglielo.

– Papà, – iniziai. Aveva acceso la televisione, aspettava che mia madre uscisse dal bagno per guardare insieme *E.R.* – Papà, è ok se per il mio compleanno andiamo a teatro?

Lui rispose: – Ma certo, – gli faceva molto piacere. Era tempo che non andava a teatro, sarebbe stato divertente. Che spettacolo volevo andare a vedere? Poteva prendere i biglietti per noi quattro, magari qualcosa di non troppo pesante dato che c'era anche mio fratello.

– Ma no, – dissi, – ci vado con dei miei amici.

Non volevamo andare a teatro e basta. Finito lo spettacolo, era il primo della stagione e davano *Re Lear*, saremmo saliti in motorino e poi su per tutto il Muro Torto, fino a San Lorenzo.

Filippo e Lorenzo conoscevano dei ragazzi che già frequentavano l'università e andavano a bere tutte le sere. Era questo che facevano, Lorenzo e gli altri, quando io me ne tornavo a casa con l'autobus.

Solo Giulia aveva provato, una volta, a chiedere perché dovessi andarmene cosí presto, perché anche solo per una sera non potessi rimanere con loro, e a risponderle era stato Lorenzo. «È piccola», aveva detto. Mi aveva sorriso. «Sei piccola, no?»

– Solo una sera, – chiesi a mio padre.

Lui si girò, mise un braccio sopra lo schienale del divano per stare piú comodo.

– Livia, – disse. – Mi sembra un'ottima idea. Ma se

vuoi uscire la sera, veniamo anche noi. Possiamo stare tutti insieme, no?

No, gli risposi. Per favore, no.

– Tornerò presto, alle dieci sarò a casa, solo una volta per favore, è il mio compleanno.

Mio padre scosse la testa. – Pensa a qualcosa di diverso, – disse. – Organizza di pomeriggio, con il caldo è bello anche un pic-nic, o magari una merenda qui, che ne dici? Inviti i tuoi compagni di classe. Mamma può ordinare qualcosa al Gianfornaio. Che dici, Betta?

Mia madre era tornata dal bagno e annuiva, *sí, posso ordinare le pizzette, i panini ripieni*, e io dissi ancora *no, per favore*, e poi *mamma, ce la posso fare*, e lo dissi guardandola, le borse sotto gli occhi gonfie e sporgenti come se ci nascondesse qualcosa.

– Livia, lo sai –. Si mise seduta sul divano accanto a mio padre.

– Cos'è che so? – risposi con rabbia, ma aveva ragione. Lo sapevo.

Niente uscite dopo il buio. Si sta a casa, al sicuro.

La sera, prima di andare a dormire, mi resi conto che avevo dimenticato di togliere le lenti.

Con il gesto consueto le tirai fuori mentre stavo ancora sdraiata a pancia in su, me le misi sul palmo della mano. Poi, invece di buttarle nel cestino come facevo sempre, le lasciai sul comodino.

E il giorno dopo anche, e quello dopo ancora. Le poggiavo sopra il lavabo, sul tavolo da pranzo, dentro il bicchiere con l'acqua. A volte me le infilavo nelle tasche dei jeans, o dentro le mutande, poi mi dimenticavo di averle e quando andavo al bagno cadevano a terra, senza far rumore. Le lenti a contatto lasciate cosí si indurivano nel giro di poche ore, si spezzavano se ci camminavo sopra, piccoli frammenti che però non tagliavano. Si sbriciolavano sotto il mio peso, diventavano polvere trasparente.

Era una sorta di protesta silenziosa, credo. Avevo avuto, fino a quel momento, la speranza che rispettare le regole mi avrebbe permesso di vivere in modo normale, di poter riuscire a fare ciò che volevo. Invece non era successo, e quelle lenti sparse al mio passaggio, il fatto che i miei genitori dovessero raccoglierle ogni giorno, la sensazione di lasciare dietro di me una scia, tutto questo mi dava una soddisfazione che non riuscivo pienamente a comprendere, ma che era viva, tangibile.

Un giorno trovai un bicchiere di plastica accanto al comodino, c'era un'etichetta con una scritta, la grafia era di mio padre: «Per le lenti di Livia».

Buttai il bicchiere, continuai a seminare lenti in giro.

Dissi a Lorenzo che a teatro per il mio compleanno non ci potevo andare, che *Re Lear* non potevo vederlo. Avrei fatto una festa a casa però, nel giardino del condominio, mia madre l'aveva chiamata *festicciola*. Se voleva poteva venire, e dirlo anche agli altri. Ci saranno le birre, mi affrettai ad aggiungere, mentendo.

Rispose *mi piacerebbe*, ma che un suo amico avrebbe suonato in un locale proprio quella sera, il 13 giugno. – Non posso perdermelo, – disse, – ma passo piú tardi, se sei ancora sveglia.

Quando gli diedi l'indirizzo si stupí di quanto fosse lontana la Giustiniana. – Siete fuori dal Raccordo. Come fai a farti tutta quella strada in autobus?

Al compleanno dovetti invitare la classe intera, e sperai fino all'ultimo che qualcuno non venisse. Invece arrivarono, uno dopo l'altro, e io stavo seduta ad accoglierli accanto al tavolo, con la tovaglia a fiori e i bicchieri di plastica, la Fanta e la Coca-Cola.

Mi ero messa un vestitino che dovevo continuamente tirare giú, perché in pochi mesi il mio corpo aveva cambiato forma, e dovevo farci attenzione, abbassare l'orlo prima che fosse troppo tardi.

Daniele fu uno dei primi ad arrivare, lo vidi aprire il cancelletto nero e camminare per il viale nella mia direzione, con quei capelli pieni di gelatina e la camicia elegante. Mi diede un pacchetto, lo ringraziai incrociando il suo sguardo una sola volta. Sembrava dispiaciuto, mi venne di nuovo la nausea.

I miei avevano affittato un impianto stereo, si poteva tenere la musica accesa fino alle diciannove ma nessuno ebbe il coraggio di ballare. Bevemmo Coca-Cola, parlammo di cose di scuola, si fece sera.

Daniele continuava ad avvicinarsi al tavolo per riempire il piatto. – Quindi dove sta l'amico tuo? – chiese infilando la mano nella ciotola di patatine. Sussultai e feci finta di niente. – Non si è visto eh, – disse, a voce abbastanza alta da farsi sentire.

Lo guardai ficcarsi le patatine in bocca, le briciole che cadevano sul colletto della camicia ben stirata.

Mia madre portò la torta e gli invitati cantarono *tanti auguri*, poi un po' alla volta se ne andarono. Aiutai a buttare le forchette, i piatti, il cibo sbocconcellato in un grande sacco nero.

Lorenzo mi mandò un messaggio con scritto: «Auguri! :)» e nient'altro.

La sera stessa, a cena, mentre mangiavamo le pizzette avanzate, dissi ai miei genitori che ero pronta.

– Pronta a fare che? – chiese mia madre.

– Vorrei provare a fare quella cosa del centro, andare a vedere com'è, – risposi. – Magari posso cercare informazioni su internet.

Mio padre alzò la testa dal piatto, disse che non c'era problema, potevamo farlo insieme il giorno dopo, con calma.

– Sí, con calma, – intervenne mia madre.

Poi, dopo un attimo di tentennamento si allungò sul tavolo, mi sfiorò la mano. – Una cosa per volta, va bene?

Annuii, e quando mio padre disse che sarebbe andato tutto bene, che sarebbe stato utile, fondamentale anzi, che ero coraggiosa, sentii una parte di me diventare leggera, credere che sarebbe stato veramente cosí.

6.

Pensavamo di poterci andare subito, e invece scoprimmo che c'era una procedura da rispettare.

Occorreva chiamare, e rispondere ad alcune domande poste da una signora del centralino con la voce gentile. Perché chiamavamo, chiese la signora, qual era la difficoltà dell'utente, quale il grado di cecità, quali le nostre aspettative. Mio padre le parlò della retinite pigmentosa, disse che ero peggiorata molto nel giro di poco tempo. Età dell'insorgenza? Undici anni, rispose lui. È da quattro anni che è iniziata.

La signora al telefono parlò di *eventuali abilità residue* che potevano essere potenziate, e mio padre le disse che sua figlia, l'*utente*, cioè io che stavo seduta sul bracciolo del divano ad ascoltare in vivavoce, avevo ancora molte abilità residue, che anzi era proprio quello il motivo per cui chiamavamo.

Ci fu un momento di silenzio. La signora si scusò, forse non aveva capito bene, cosa intendeva? E mio padre con voce ferma le ripeté ciò che ci eravamo detti nei giorni precedenti, quello di cui avevamo discusso con mia madre e lui al tavolo della cucina.

Avevo bisogno di imparare a muovermi nel buio, a riconoscere i pericoli, a vivere bene quando non c'era piú luce e la mia difficoltà si acuiva.

Usare il bastone magari, disse lui, e io dissi *no il bastone no*. Coprí il microfono del cordless e mi fece segno di stare zitta.

Imparare il braille, proseguí, per leggere anche di sera. Fare tutto quello che c'era da fare, prima che la situazione peggiorasse.

Quest'ultima parte la sussurrò quasi, come se fosse possibile non farmela sentire, a me che stavo due metri piú in là.

La signora disse che era una richiesta bizzarra, non sapeva se la struttura sarebbe stata in grado di accoglierla, ma ci avrebbero fatto sapere nel giro di un paio di mesi. Mi avrebbe messo in lista.

Passò l'estate, un'estate pesante e noiosa, che trascorsi per lo piú stesa a letto in calzoncini, con il ventilatore acceso. Il pomeriggio, in televisione, c'erano le repliche di *Dawson's Creek*, e la sera guardavo vecchi film su Rete 4, con i miei. Ogni tanto, quando mia madre non lavorava, andavamo al lago di Trevignano. Mi bagnavo nell'acqua salmastra, e poi facevo i compiti per le vacanze all'ombra di un grosso salice piangente. Mio padre, sulla sdraio accanto a me, si addormentava cullato dal rumore delle cicale.

Poi ricominciò la scuola, e a ottobre ci chiamarono per comunicarci una data: il 20, alle 16.

Mia madre non era riuscita a ottenere un permesso dal lavoro, cosí andammo solo io e mio padre. Guidò fino a una zona della città in cui non ero mai stata.

Faceva ancora piuttosto caldo, tenevamo i finestrini aperti e lui aveva messo un cd dei Genesis, il suo gruppo preferito.

Ci eravamo segnati il tragitto su un foglio, l'avevamo controllato su Google Maps prima di uscire. Ero io a dirgli quando svoltare, con il foglio in mano, anche se avevo l'impressione che il mio aiuto fosse superfluo e sapesse benissimo dove andare.

Costeggiammo un muro di mattoni, lí dietro c'era il Parco dell'Appia Antica, disse. Poi una strada in discesa, macchine parcheggiate in doppia fila e gli operai con gli occhiali protettivi che foravano il cemento.

– È qui, – dissi, indicando un cancello elettrico bianco, sulla destra.

– Arrivati, allora, – aggiunse lui.

La segretaria del centro Santa Lucia era una donna magra, con i capelli biondi e crespi tenuti da un mollettone.
– Tiziana, piacere.

Fece compilare a mio padre un modulo, poi ci pose le stesse domande di quattro mesi prima.

Mentre mio padre rispondeva, e Tiziana spiegava il protocollo stabilito dalla regione Lazio, e che eravamo stati fortunati a trovare posto cosí presto, chiesi di andare in bagno.

La finestra accanto allo specchio aveva le inferriate, ma riuscivo a scorgere una parte del cortile: aiuole curate che avevamo attraversato di fretta, prima di entrare dalla porta principale.

Vidi una ragazza minuta con un vestito a righe, che veniva portata a braccetto da un uomo anziano. Muoveva la testa su e giú e a un certo punto la sentii ridere, una risata sguaiata che mi sembrò inopportuna. Prima di uscire mi tolsi gli aloni di rimmel dalle palpebre, il caldo l'aveva sciolto, e sistemai i capelli. Li avevo legati in due trecce strette, attaccate alla testa, un'acconciatura che avevo imparato da mia madre. Guardai il mio riflesso, pensai che somigliavo a una guerriera vichinga. Ero pronta.

La signora Tiziana stava spiegando che il centro era a forma di H. C'erano i due edifici principali, in uno dormivano i residenti, nell'altro si svolgevano le varie attività. Noi in quel momento ci trovavamo nella parte centrale, la stanghetta piú piccola, quella che univa le stanghette piú grandi. Disegnò la lettera con le braccia, nell'aria, rivelando due aloni scuri di sudore.

– Non vi nascondo che abbiamo fatto fatica a trovare qualcosa che andasse bene per questo caso specifico, ci siamo anche chiesti se fosse opportuno. Ma poi è intervenuta la presidentessa, e lei riesce sempre a trovare un modo.

Aggiunse che, secondo loro, la formula migliore era

quella dei tre incontri a settimana, piú o meno tre ore a volta. Abbiamo a disposizione dei pulmini, partono da varie zone di Roma.

– No, – rispose mio padre, – la porterò io.

La signora Tiziana annuí: – Beh, mi pare che ci siamo detti tutto. Andiamo.

E uscí dalla stanza.

Seguii lei e mio padre lungo un corridoio dalle pareti azzurre. Tiziana salutava tutti per nome. *Ciao Donatè, ciao Maurí, ciao Flaviè*, e ci diceva: – Qui c'è la palestra, qui invece la mensa, di qua si fanno i corsi per centralinisti.

In quel momento la presidentessa non c'era, altrimenti ce l'avrebbe fatta conoscere.

– Però ti posso far conoscere il tuo tutor.

– Tutor? – chiese mio padre.

Tiziana fermò una donna con il camice: – Letizia, – disse, – ma che Emilio ci sta?

Letizia disse di sí, l'aveva visto al bar. Scendemmo delle scale, con Tiziana che continuava a parlare, a spiegare a mio padre che il centro era uno dei piú grandi, che ci venivano da tutta Italia, che la presidentessa l'aveva salvato quel posto lí, era una donna molto intelligente.

– Prego, – disse, aprí una porta e ci fece passare per primi. Il bar era simile a quello di scuola, con l'odore di prosciutto bruciato e i tavolini di plastica rossa.

C'erano un signore e suo figlio, si capiva perché si somigliavano molto, tutti e due pasciuti, con le guance rosse, e il figlio parlava a voce alta di un esame che aveva appena fatto. *Ho fatto il cento per cento*, e mentre parlava guardava in un punto imprecisato, gli occhi a mezz'asta, perlacei.

– Emilio, – disse Tiziana, e si avvicinò al bancone, dove su uno sgabello stava seduto un ragazzo. Gli mise una mano sulla spalla e lui si girò, si baciarono sulle guance. Lui le chiese come andava, *hai risolto poi quel problema lí?*, e lei rispose che sí, per fortuna, ma non erano stati giorni facili a casa. Il barista gli allungò un caffè, il ragazzo disse grazie. Lo zuccherò, bevve.

Poi Tiziana sembrò ricordarsi all'improvviso di noi.

– Emilio, questi sono Livia e suo padre.

Gli strinsi la mano per prima, aveva il palmo ruvido. Dissi il mio nome: – Livia, – mentre ricambiavo la stretta. Lui lo ripeté: *Livia*.

Fece un piccolo cenno con la testa, poi chiese se volevamo qualcosa. Si sporse indietro per attirare l'attenzione del barista. – Enrico, un caffè e un orzo per favore.

Iniziarono a parlare, loro tre, di quanto era difficile parcheggiare lí intorno, del traffico. – Siamo partiti da casa un'ora fa, – disse mio padre. – È perché c'è lo sciopero dei mezzi, – si lamentò Tiziana.

Rimasi lí accanto a mio padre, a bere l'orzo amaro.

Nessuno mi aveva detto che avrei avuto un tutor. Emilio parlava con un accento che non riuscivo a riconoscere, ma che di sicuro non era romano. Accavallava le gambe come avevo visto fare solo alle donne, con le cosce attaccate l'una all'altra, e si rigirava il cucchiaino tra le dita.

Devo chiedere a Tiziana se si può cambiare, pensai. Non lo voglio un tutor maschio.

Però quella parola, *tutor*, mi piaceva. Era come essere a scuola, e del resto quello sarebbe stato un corso. Chissà se alla fine mi daranno un attestato, un brevetto, qualcosa del genere.

Mio padre si stava alzando dallo sgabello, si rimise la giacca leggera e mi disse: – Ci vediamo dopo –. Si allontanò, e Tiziana fece lo stesso, dopo avermi fatto un sorriso a bocca chiusa.

Emilio pagò i caffè, mi fece segno di seguirlo fuori dal bar e lungo il corridoio. Ai muri erano appese foto di gruppo, un ritratto di Napolitano, calendari dei Carabinieri.

Rimanemmo in silenzio. Camminava piuttosto veloce e mi costringeva ad accelerare il passo per stargli vicino.

– Qui forse possiamo parlare tranquilli –. Bussò a una

porta che aveva l'aria di pesare molto, e quando non rispose nessuno, la aprí.

C'era odore di alcol, lí dentro, dovevano aver pulito i pavimenti da poco.

Prese due sedie basse, di quelle che usano i bambini alle elementari, le mise una davanti all'altra. – Siediti pure, – disse. – Scusa se stiamo un po' scomodi, ma a quest'ora è difficile trovare una stanza libera.

C'era un computer sopra una scrivania malconcia, in un angolo, e una pila di libri fuori misura, alti e larghi come non ne avevo mai visti, senza copertina.

Si sistemò sulla sedia, riuscendo in qualche modo ad accavallare le gambe nello stesso modo flessuoso di prima.

– Tiziana mi ha parlato un po' di te, – disse. – Ha accennato alla questione della retinite, agli episodi di perdita di visione periferica.

Stava con le mani incrociate, a tenere le ginocchia, e pensai che fosse quello il trucco per riuscire a rimanersene appollaiati su quella sedia cosí scomoda. Provai a farlo anche io, ma senza successo.

– Ho bisogno di sentirlo da te, però, – disse, – cosí ho un quadro piú reale. Raccontami.

– Di che cosa? – chiesi.

– Della tua vista. Raccontami cosa vedi, e soprattutto cosa *non* vedi.

Non sapevo che dire, allora iniziai a parlare della festa. L'avevo fatto qualche volta, ormai, con mio padre, mia madre, l'oculista, ed ero diventata brava a narrare il necessario, dosando le parole cosí che non fosse troppo preoccupante, estirpando la parte di Daniele, sottolineando come poi mi fossi ripresa del tutto, alla fine niente di che, era stata una volta sola, un solo episodio, ormai quasi un anno fa.

Lui mi ascoltava, concentrato. Si massaggiava la fronte, che forse era anche troppo ampia, con l'attaccatura dei capelli alta, a V. Piú sotto c'erano gli occhi, un po' all'ingiú, che gli davano un'aria triste. Ma il suo sguardo, mentre gli parlavo della luna che a un certo punto era scomparsa, lí in terrazza, e della difficoltà che avevo fatto a scendere le scale, il suo sguardo mi sembrava avesse qualcosa di ironico, come se fosse sul punto di scoppiare a ridere.

Quello che stavo dicendo però non era divertente, anzi.

Emilio non tradiva nessuna pena per me, anche se continuava a dimostrarsi attento alle mie parole. Annuiva e ogni tanto faceva *mh mh*.

Ma certo, pensai a un tratto, è strabico. Per questo aveva quel modo di guardare buffo. Lui crede di guardare dritto, e invece no.

Finii la mia storia: – Poi alla fine sono stata bene, sono mesi che sto bene, a volte ho un po' di difficoltà la sera, ma solo ogni tanto, e i miei si preoccupano, ecco perché sono venuta qui.

– Ottimo, – esclamò Emilio.

Si batté le mani sulle cosce, cambiò posizione delle gambe, mi sorrise, stette qualche secondo in silenzio. – Come va a scuola? – chiese poi.

– Bene.

Che c'entrava la scuola adesso.

– Vorrei saperne di piú, – disse, incoraggiandomi con un gesto delle mani ad andare avanti.

– A scuola vado bene.

– Di questo sono sicuro, è chiaro che sei sveglia. Ma voglio dire: è cambiato qualcosa da quando hai avuto quest'episodio di cui mi hai parlato? Riesci a dirmi se hai cominciato a notare qualcosa di insolito? Magari nel modo in cui leggi le parole alla lavagna, o anche quelle scritte nei libri.

– No, – risposi. – Niente di diverso.

Annuí di nuovo e fece *mh mh*, in quel modo che sembrava una presa in giro, poi si tirò leggermente su le maniche della camicia.

Sulle braccia aveva pochi peli, e anche sulle guance, sul mento, sul dorso delle mani.

– Non è tanto che lavoro qui, Livia, – disse. – Però è tanto che ci vivo.

Cambiò di nuovo posizione, gamba sinistra sopra gamba destra, si sistemò uno dei calzini che era scivolato lungo il polpaccio.

– Ci si può vivere qui?

– Sí, volendo sí. Io ho preferito cosí, comunque. Ma il punto è un altro.

Mentre parlava provavo a guardarlo negli occhi, per non offenderlo, ma il suo strabismo mi distraeva e mi trovai a fissargli prima le sopracciglia, che erano spioventi, poi la bocca, un punto sul labbro superiore.

– Ho conosciuto molte persone come te, – disse. – Non importa l'età, tutti sono spaventati quando arrivano qui il primo giorno. È normale.

Non sono spaventata, avrei voluto rispondere, ma lui continuò.

– Tu sei sveglia. E la cosa piú sveglia da fare, in questo momento, è dire la verità.

Lanciai un'occhiata alla porta, sperai che entrasse mio padre. Nessuno mi aveva detto che ci sarebbe stato un tutor.

– Ma io l'ho detta la verità, che altro c'è da dire –. Mi slegai i capelli, li sentii ricadere, pesanti, sulla schiena. Odoravano di albicocca, lo shampoo per capelli biondi che mi comprava mia madre.

– Non proprio, non esattamente, – disse Emilio.

Sarei stata con lui tutto il tempo?, mi chiesi. Se è cosí, io qua non ci torno. Come ho deciso di venire, posso decidere di andare via. Troveremo un altro posto, io e mio padre.

– A scuola non va piú cosí bene, o sbaglio? Fammi indovinare, – disse posando il mento sul pugno chiuso. – Non riesci piú a leggere tutto quello che c'è scritto sulla lavagna. Ti hanno spostato al primo banco, e stai sicura che da lí non ti muoverai piú fino alla fine del liceo. E anche dopo, se vorrai fare l'università.

– Sono miope, – risposi. – È una cosa di famiglia, anche mio nonno lo era.

Emilio annuí. – Ma non è solo la miopia, vero? Sono anche le lettere, soprattutto la *b* e la *d*, la *o* e la *a*, a volte anche la *r* e la *s*. Non sai piú distinguerle, e cosí hai smesso di leggere ad alta voce, in classe. Se l'insegnante te lo chiede, tu dici che hai mal di gola, o che hai gli occhi stanchi, preferisci prendere un brutto voto piuttosto che dire la verità.

Si mise le mani intrecciate dietro la nuca, in un gesto di manifesta tranquillità che odiai.

Ma tanto tra poco sarei andata via, non potevano tenermi lí ancora a lungo. Bastava non parlare piú.

– Quanti anni hai? – mi chiese.

– Quindici, – risposi dopo un attimo di esitazione.

– Avrei scommesso che eri piú grande.

Corrucciai la fronte. E lui invece quanti ne aveva? Non sembrava tanto vecchio da avere dei figli, ma neanche giovane come il prof di educazione fisica, che viveva ancora con i genitori.

– Io ne ho ventidue, – disse lui, anche se non gliel'avevo chiesto. – Ho iniziato che ero molto piú piccolo di te.

Mi alzai solo un po' sulla sedia, facendo finta di volermi sistemare meglio. Volevo guardare dalla finestra se magari vedevo mio padre, giú in cortile. Stava facendo buio, dovevamo tornare a casa.

– Anche per me è stato un colpo –. Si grattò la barba rada, rimise giú le maniche.

– Cosa? – chiesi.

– La retinite.

– Tu hai la retinite?

– Certo, – rispose. – Per questo ti hanno affidato a me.

– Ah.

Non volevo piú guardarlo, adesso. Volevo solo andare via, ma non potevo.

– Beh, sei stato fortunato anche tu.

– In che senso?

– Il *lento andamento*, com'è che lo chiamano. Anche tu come me stai avendo un lento andamento, no?

– Ma io non ho un lento andamento, Livia –. Era la prima volta che pronunciava il mio nome, da quando l'aveva sussurrato nel bar, dopo avermi stretto la mano. Mi faceva strano il mio nome detto dalla sua bocca, dal suo accento, dal suo tono di voce. Non volevo che lo dicesse piú.

Emilio sorrise. – Ascolta –. Districò le gambe e indicò un punto alla sua sinistra. – So che la finestra è lí, e so che ci sono delle serrande brutte, mezze rotte, e che sotto c'è il cortile, e si vede anche un pezzo di cancello –. Spostò il dito a destra. – Lí invece ci sono altre sedie impilate alla parete, ho preso per noi le due che stavano messe meglio. Alle nostre spalle c'è una scrivania, dei libri, e i muri sono giallini, tristi, da ospedale.

Continuava a fissare quel punto imprecisato sulla mia faccia, tra le ciglia inferiori e l'inizio del naso. – So queste cose, – continuò, – e ne so molte altre. Potrei disegnarti una cartina di questo posto, se mi dessi una penna. Ma non vedrei la penna, e neanche il foglio a dire il vero. E non vedo te –. Passò la mano su e giú nell'aria davanti a sé, a percorrere la mia faccia, il punto esatto in cui ero. – Qualche ombra, ogni tanto, ma se c'è troppa luce nemmeno quella.

Le mani iniziarono a formicolarmi, la lingua attaccata al palato. Mi sentii una stupida ad aver provato a guardarlo negli occhi, ad aver tentato di non farlo sentire a disagio.

Emilio mi disse che a causa della retinite pigmentosa era ipovedente da dieci anni, e che la sua vista andava peggiorando, ormai, di mese in mese. Lo diceva con calma, con tono pacato, come se mi stesse informando sulle previsioni del meteo, sulla strada da prendere per evitare il traffico al ritorno.

Sperai che smettesse di parlare, invece continuò. Spiegò che avremmo fatto un grande lavoro. All'inizio sarebbe stata dura, ma poi mi sarei abituata. Avremmo iniziato la settimana successiva.

Adesso le sue pupille saettavano da una parte all'altra nel bianco dell'occhio, come impazzite.

Presi un respiro, mi alzai in piedi: – Grazie ma non ne ho bisogno.

– Ah no?

– No. Me la caverò in un altro modo.

Se mi fossi avvicinata piano piano alla porta, un piede dopo l'altro senza fare rumore, forse sarei riuscita a uscire e a non sentire piú neanche una parola. Fare le scale a ritroso, trovare mio padre, parlare con lui, convincerlo a cercare un altro posto.

– Questo è l'unico modo, purtroppo, – disse Emilio. Tirò fuori dalla tasca della giacca un pacchetto di tabacco, delle cartine, un accendino, e cominciò a rollare.

Quello che disse dopo, lo disse tenendo in equilibrio un filtro bianco tra le labbra.

– Non esiste un andamento lento, per quelli come me e te. Con il tempo lo capirai.

7.

Qualcuno di notte riuscí a entrare a scuola e sparse qua e là manciate di bigattini.

Negli angoli delle aule, sopra i termosifoni dei corridoi, nella sala professori.

I bigattini, scoprimmo dopo, quando questa parola sconosciuta era ormai diventata celebre tra di noi, erano dei vermi bianchi e tozzi, che puzzavano di ammoniaca. Si usavano per la pesca e si nutrivano di carne morta.

Le bidelle si armarono di scopa e paletta, provarono a toglierli tutti, ma erano troppo piccoli. Quelli che riuscirono a sopravvivere continuarono il loro ciclo vitale, e in pochi giorni, cullati dal tepore dei termosifoni accesi per l'autunno, diventarono delle mosche grasse e stordite, che volavano lente tra le cartine geopolitiche dell'Italia e che cercavano di evitare senza troppo successo i colpi di giornale delle professoresse, i cancellini lanciati all'improvviso.

Il preside Bonanni convocò una riunione con il suo vice e i rappresentanti di classe. Bisognava stanare il colpevole, consegnarlo alla giustizia, ristabilire l'ordine. Il Lucrezio Caro era un liceo serio, non accadeva niente del genere dal Sessantotto.

Non erano riusciti ad arrivare a una conclusione e le telecamere all'entrata erano fuori uso da almeno cinque anni, cosí Bonanni annunciò che tutta la scuola, esclusi quelli del quarto ginnasio, secondo lui troppo piccoli per aver commesso il misfatto, dovesse ritrovarsi in palestra, dopo la ricreazione.

Era un uomo alto e grosso e indossava sempre delle cravatte a righe. Parlava dentro un microfono con voce perentoria, che rimbombava dal soffitto al pavimento di quella palestra spoglia e fredda. Stavamo seduti a gambe incrociate e stranamente attenti, deliziati da quell'inaspettata perdita di tempo.

– È una mancanza di senso civico fortissima, una grave sconfitta per chi vi ha cresciuto, e anche per i vostri insegnanti, per il personale scolastico che ha dovuto occuparsi della rimozione di questi, com'è che si chiamano?, bigattini.

Lorenzo giocherellava con le punte dei miei capelli, mentre commentava le parole del preside all'orecchio di Giulia. Diceva che Bonanni era un coglione, tutta quella pagliacciata per due vermi in croce, ma il verme era lui che pensava a quelle cazzate invece di occuparsi della scuola che cadeva a pezzi, e Giulia rispondeva: hai ragione. Mi sarebbe piaciuto che fossimo noi due, solo io e Lorenzo, senza le altre persone attorno.

Quando Lorenzo, in quell'attorcigliare continuo, tirava una ciocca un po' piú forte, sentivo un brivido che partiva dalla nuca e arrivava all'orlo dei miei jeans. Rimanevo immobile, con la schiena dritta, a fingere interesse per il discorso di Bonanni.

– Ci saranno delle ripercussioni, se è questo il grado di serietà che siete disposti a dimostrare. Se vi comportate da bambini, da bambini verrete trattati. Verranno cancellate tutte le gite, per almeno due mesi, e poi si vedrà.

– Che rottinculo di merda, – commentò qualcuno alle mie spalle a voce non cosí bassa, ma Bonanni non poté sentirlo perché nel frattempo un mormorio di sdegno si era diffuso tra la folla, frasi indistinte che aumentavano di volume, qualcuno dal fondo della palestra addirittura fischiò, un fischio prolungato, sordo, e il preside si alzò in piedi, urlò che non eravamo allo stadio, che ci avrebbe tolto anche il campo scuola di fine anno, di fare silenzio.

Le voci si calmarono, il preside stese il collo per ascoltare le parole del vice. Poi al microfono disse che con calma, uno per volta, avremmo avuto modo di esprimere la nostra opinione. Ad alzata di mano. *Forza, sentiamo*.

Mi guardai intorno, i miei capelli che sfuggivano alle dita di Lorenzo, nessuno sembrava aver voglia di parlare davanti a tutti.

Poi il preside chiamò *lei laggiú*, e Giulia si mise in ginocchio per guardare. *Non lo so, una piú piccola*, rispose a Lorenzo che le chiedeva chi fosse.

Parla a voce alta, cosí ti sentiamo. Mi alzai in ginocchio anche io.

– Salve signor preside. Volevo dire solo una cosa. Sarà stata anche una perdita di tempo, questa storia dei bigattini, ma almeno i pavimenti di scuola non sono mai stati cosí puliti.

Cazzo, pensai, è Morena.

Dopo le vacanze al WWF e quello che era successo all'ospedale oftalmico, non l'avevo piú rivista. Era stata mia madre a dirmi che dopo l'estate lei e la sua famiglia avrebbero traslocato. «E dove vanno?» avevo chiesto. Non sapevo se essere felice o triste. Ero stata male diverse notti al pensiero che avesse raccontato tutto agli altri del campetto, a Luca, agli animatori, che avesse detto a tutti di quanto ero stata stupida e che avevo rubato le lenti a sua madre. Una ladra.

Avevo pensato a lei per un po', chiedendomi cosa faceva, dov'era, chi erano le sue amiche. Avrei potuto ricontattarla, chiedere il suo nuovo numero, andarla magari a trovare, qualche volta.

Ma poi mi era sembrato piú facile fare finta che non fosse mai esistita, e alla fine mi era passata di mente.

Quando l'avevo rivista al liceo non avevo avuto il coraggio di avvicinarmi.

Era diventata alta, i capelli che prima erano mossi, informi, adesso mi sembravano lisci e piú scuri. Si spostò la frangia mentre parlava al microfono, in un gesto che non riconobbi.

Non era la prima volta che la vedevo. Era già successo, di sfuggita, mentre camminava in cortile con altre ragazze del linguistico. E poi una mattina al bar, nella calca per prendere la pizzetta.

Morena aspettò che si fermasse il vocio e continuò a parlare. – Frequento questa scuola da due anni, e non si trova quasi mai la carta igienica nei bagni, lo possono testimoniare tutti, credo. Per terra ci sono nugoli di polvere e sono mesi che il soffitto del laboratorio di scienze gocciola. C'è la muffa, è tremendo.

– Ma che fa, – mi uscí in un sospiro, e Lorenzo mi chiese se la conoscevo.

– Piú o meno. Eravamo amiche da piccole.

Parlava, e per capire com'era fatta la sua faccia, che espressione aveva, ero costretta a strizzare gli occhi, ridurli a due fessure. Aveva una giacca rossa, questo potevo vederlo, di quelle da neve in goretex.

Usava termini sofisticati come *nugoli,* l'aveva letto in un libro? Leggeva piú di me adesso? E *classi pollaio, docenti in esubero*, ce l'aveva anche lei con la Gelmini e la sua riforma, i tagli all'istruzione, *ci stanno rubando il futuro e neanche ce ne accorgiamo*.

Il vicepreside Roggero, che era rimasto in piedi con le mani dietro la schiena accanto a Bonanni, prese il microfono: – Vorrei rispondere una cosa alla ragazza, posso permettermi signor preside? Altrimenti qua diventa un monologo.

Le chiese il nome, *si può pure avvicinare signorina, non abbia paura. Preferisce rimanere lí? D'accordo.*

Chiuse la zip della sua giacca piena di tasche, che lo faceva somigliare a un pescatore della domenica. – Allora cara Morena, ho capito tutto quello che dici, e si può essere d'accordo o meno, ma non c'entra con l'in-ci-vil-tà, ascoltatemi bene, l'inciviltà che avete dimostrato. Veramente una cosa da ragazzini, a me in quindici anni di lavoro qua dentro non è mai successo, e dopo vi lamentate se le aule sono sporche. Ci sarebbe stato da farvi prendere la scopa a voi, da mettervi a pulire uno per uno.

– Sono sicura, – lo interruppe Morena, senza curarsi delle chiacchiere che nel frattempo erano ricominciate tra di noi, *zitti!* provava a dire qualcuno, ottenendo solo l'effetto contrario, – sono sicura che se le aule fossero piú pulite, se la scuola garantisse un minimo di decenza, allora non dovremmo sforzarci di trattarla bene. E di certo non mi sento di dare la colpa ai bidelli. Sappiamo benissimo, lei anche lo sa signor vicepreside, che vengono pagati una miseria, hanno contratti ridicoli.

L'energia con cui pronunciava quelle frasi, cosí distanti da me e da quello che ricordavo di lei, era impetuosa, tracciava una linea continua, un filo teso tra la sua bocca e il preside Bonanni, che taceva e si tormentava la cravatta.

Morena spingeva fuori le parole senza timore, adesso ce l'aveva con la mancanza di assorbenti in infermeria – *è mai possibile, in una scuola che conta piú di seicento donne?* – e avrei voluto che smettesse. Mi imbarazzava la sua sicurezza, l'assenza di vergogna con cui pronunciava la parola *mestruazioni*, il modo schietto che aveva di parlare davanti all'intera scuola, come se lo facesse da sempre. Ce l'aveva anche da piccola, la necessità impellente di dire tutto e subito.

Bonanni si riappropriò del microfono. – Signorina, lei mi sembra molto informata, saprà quindi che le risorse al momento sono scarse. Ma ci impegniamo ad accogliere le sue critiche.

– I licei di tutta Roma Nord si stanno mobilitando, – lo interruppe Morena. – È un momento importante, decisivo, solo noi siamo qui fermi, sembra che non ce ne freghi niente. Io invece dico che ce ne frega.

Un paio di voci urlarono *sí che ce ne frega*, e un ragazzo chiese il microfono. Scavalcò la folla, si piazzò davanti al preside, aveva la maglietta di Super Mario che vendevano al mercato all'aperto di via Sannio. Parlò forte, con le mani che gli tremavano un po', e dopo di lui parlò un altro e poi un altro, all'improvviso tutti meno spaventati, urlavano le parole *otto miliardi di euro*, erano i tagli alla scuola previsti dalla Gelmini e da Tremonti.

Morena era scomparsa tra la folla, troppo distante per scorgerla ancora. Sentivo una vaga eccitazione, uno stato di strana euforia: conoscevo la ragazza che si era opposta al preside in quel modo, era stata mia amica, avevamo dormito testa-piedi nel suo letto quando eravamo piccole. Chissà da dove le veniva quella passione per la politica. Di certo non dalla mamma, che a quanto ricordavo non comprava neanche i giornali.

I miei invece a casa parlavano spesso di Berlusconi e di guerre, da giovani erano iscritti al Pci e la sera il telegiornale era sempre acceso. Per me però era rumore di contorno, non me ne era mai importato nulla e mi annoiava terribilmente.

Lorenzo aveva smesso di toccarmi i capelli, voleva anche lui prendere la parola e partecipare, ma il preside ci ricacciò tutti nelle nostre classi, *abbiamo già perso abbastanza tempo*.

Tra i banchi, a lezione, si continuò a respirare quell'eccitazione, la deviazione dal programma giornaliero. Sembrava impossibile tornare indietro.

Continuarono a parlarne, all'uscita di scuola, Giulia e Filippo e gli altri, e fui contenta piú del solito quando Lorenzo mi disse: – Andiamo.

Da qualche settimana mi riaccompagnava a casa in motorino. Non alla fermata dell'autobus a piazza Mancini, ma proprio fino alla Giustiniana. Venticinque minuti che passavo aggrappata alla sua schiena, a respirare lo smog di corso Francia e poi l'aria rarefatta della Valle dei Pinguini, quel lungo pezzo gelido di Cassia, in mezzo ai vivai e ai pini storti.

Gli chiedevo di lasciarmi qualche metro prima del cancello, nella stradina del carrozziere. Smontava dal motorino e cominciava a guardarsi intorno. Per distrarlo parlavo di libri, di cinema, (l'aveva visto *Donnie Darko*? ma certo che l'aveva visto, io alcune cose non le avevo proprio capite, lui invece sí?), non volevo che si soffermasse troppo sulle abitazioni basse con i cancelli sbeccati, sul pane e pizza all'angolo, sulla tabaccaia che spazzava lo zerbino e mi salutava e chiedeva di mia madre.

Averlo lí, cosí alto e magro, il casco a scodella allacciato allo zaino della North Face, mi faceva sentire vulnerabile, mio padre sarebbe potuto uscire di casa da un momento all'altro e sarebbe stato imbarazzante. Però c'era anche qualcos'altro, nascosto sotto al timore di quell'incontro sgradito. Un senso di lusinga, la consapevolezza che la presenza di Lorenzo alla Giustiniana, e gli undici chilometri che ci dividevano da scuola, dipendessero solo da me. Ero stata io a farlo arrivare lí.

In genere rimaneva per il tempo di una o due sigarette, le girava strette e gli restava qualche ricciolo di tabacco sulla barba. Era piú tranquillo, quando non eravamo con gli altri. Mi chiedeva cosa stavo leggendo, raccontava di suo fratello che era partito da qualche mese per fare l'università a Londra, prima o poi voleva andarlo a trovare.

Le sue letture erano sempre complesse, saggi geopolitici, oppure *La Storia* di Morante, *Lezioni americane* di Calvino. Nella libreria in salotto ce l'avevamo anche noi, *La Storia*, uno di quei classici che davano in edicola ogni settimana con «la Repubblica», e avevo provato a iniziarlo senza riuscire a superare le prime dieci pagine. A Lorenzo avevo detto di averlo finito, *un po' pesante*, era stato il mio commento, e lui aveva acconsentito, *però ne è valsa la pena, no? Assolutamente*.

I libri che leggevo io non li conosceva, e quando nominavo i titoli (*Mr Vertigo*, *La casa del sonno*, *Quella sera dorata*) la sua faccia non mutava di espressione, tanto che mi veniva il dubbio che esistessero solo nella mia testa.

Cambiavo argomento in fretta, allora, facendo attenzione a ciò che potesse interessargli, ad esempio chiedevo informazioni sul motorino, gli avevo detto che i miei me ne avrebbero comprato uno appena compiuti i diciassette anni, e cosí prendevo tempo nell'attesa che inventasse una scusa per portarmi dietro una macchina, baciarmi finalmente. Desideravo cosí forte che mi baciasse da sentire un dolore fisico allo stomaco, quando ci pensavo.

Ma non lo faceva mai, non c'era arrivato neanche vicino, anche se poi a volte le mani me le toccava, e trovava delle scuse per sfiorarmi i fianchi e la pancia.

In camera mia mi piazzavo davanti allo specchio, cercavo di essere oggettiva: io, al posto suo, l'avrei baciata quella faccia lí? Decidevo di sí, e provavo a farlo davvero. Avvicinavo il naso allo specchio e toccavo il vetro con la punta della lingua, mi guardavo negli occhi che mi parevano strabici, cosí da vicino. Era questo che Lorenzo avrebbe visto.

Provavo a fare una faccia carina, un sorrisetto. Cosí andava meglio.

Non mi baciò neanche quella volta, dopo l'assemblea straordinaria e lo scandalo dei bigattini. Anzi, non era riuscito a parlare d'altro mentre si destreggiava agile tra le macchine e io mi tenevo forte alla sua giacca verde con la bandiera della Germania sulla parte alta della manica. Urlava, per farsi sentire, che era successo qualcosa di straordinario, *ti rendi conto di quanto è stato forte, cazzo?*, e che aveva già preso accordi con gli altri rappresentanti d'istituto per incontrarsi in segreto, in un parco vicino scuola.

– Mi sa che ci sarà anche quella ragazza che ha parlato all'assemblea, mi ripeti com'è che la conosci?

Gli dissi che abitavamo nello stesso palazzo, anni prima, ma era una sfigata.

– Sarà, – rispose lui.

– Che dovete fare al parco? – gli chiesi quando arrivammo sotto casa.

– Metterci d'accordo –. Aveva le guance rosse dal freddo, gli occhi lucidi. – Tu non dire niente a nessuno eh, non lo devono sapere. Li prendiamo di sorpresa.

Annuii, fingendo di aver capito a cosa alludeva. Mi salutò con un bacio sulla guancia, disse che non sarebbe venuto a scuola l'indomani, ci saremmo visti dopo due giorni.

Accesi il computer e passai buona parte del pomeriggio e della sera a leggere i post di Lorenzo sul suo blog di MySpace, che ormai conoscevo quasi a memoria.

Lo sfondo del blog erano immagini ripetute di Che Guevara, la foto in cui tiene il sigaro in bocca e guarda di lato, e per quanto poco mi interessassero gli articoli, e per quanto fosse vaga l'idea che avevo dell'identità di Che Guevara, in poche ore avevo letto ogni parola.

Non scriveva male, ma neanche bene, mi pareva. Però provavo un grande piacere a scorrere quei post prolissi, pieni di parole e di virgole e avverbi, e farlo subito dopo che lui mi aveva riaccompagnata a casa mi sembrava un modo per prolungare il nostro incontro, e anche per capire se magari, tra un'invettiva contro il sistema capitalista e una disamina sul conflitto israelo-palestinese, ci fosse nascosto il motivo per cui, in definitiva, non si decidesse a baciarmi.

Coniugai un paio di volte il verbo *lúo* per scrollarmi di dosso il senso di colpa, *elelúche elelúches elelúchei elelúcheton*, e poi diedi un'ultima occhiata al blog, solo un'ultima sbirciatina. C'era un nuovo articolo, pubblicato da pochi minuti. Il titolo era: *Non ci sono governi amici*.

Appena sentii le chiavi nella serratura, chiusi la pagina e spensi il modem. Salutai mio padre, gli risposi che per cena i bastoncini di pesce andavano bene e, mentre li mangiavamo, mio fratello ci raccontò del litigio con un compagno di judo.

Tutto bene, dissi quando mi chiesero com'era andata a scuola. Raccontai la storia dei bigattini e dell'assemblea e mio padre decise di raccontare per l'ennesima volta di quando al mio liceo ci andava lui. – Ci stava anche Giuliano Ferrara, nella classe accanto.

Facevo fatica a tenere gli occhi aperti, me li sfregavo,

sentivo che mi bruciavano, e sgattaiolai in bagno per mettere il collirio. Mia madre, mentre eravamo sul divano, dopo chiese: – Come mai? Hai esagerato con gli schermi oggi?

Il mio tempo davanti alla televisione, per quel giorno, era finito. – Buonanotte tesoro, – e mi lanciò un bacio da lontano.

Sotto il piumone non riuscivo a smettere di pensare a Morena, al modo in cui aveva parlato all'assemblea, a quanto mi era sembrata diversa e però anche uguale a come la ricordavo. Avevo avuto l'impressione che per un attimo mi avesse visto, tra la folla.

Non avevo piú avuto un'amica come lei. Le mie forze erano concentrate sul cercare di trattenere tutto quello che stavo perdendo. Mi sentivo terribilmente lontana dalle persone della mia età, che accumulavano esperienze, facevano cose per la prima volta, avevano tempo per costruire. La mia vita, invece, mi pareva avesse avuto un'impietosa accelerazione verso la perdita.

8.

– Devi imparare a prendere dei punti di riferimento, – disse Emilio indicando qualcosa nell'aria attorno a sé. Eravamo fuori, in giardino, faceva freddo. A quell'ora se ne stavano tutti chiusi in camera a prepararsi per la cena che veniva servita in mensa, al piano di sotto.

Si era stretto al collo una sciarpa fina e lunga, camminava davanti a me sui ciottoli.

Mi ero già pentita di essere tornata lí, ma Emilio non mi aveva dato pace.

Il giorno dopo il nostro primo incontro aveva chiamato mio padre per sapere come stavo. Mi ero negata, *non voglio parlarci né tornare lí mai piú*. Mio padre si era chiuso in salone per almeno dieci minuti. L'avevo sentito parlottarci, poi per fortuna non me l'aveva passato. Mi pareva che la questione fosse finita lí.

Invece la sera stessa mi era arrivato un messaggio da un numero sconosciuto. Era lui.

Diceva che aveva chiesto il mio contatto al centro e si era accertato che i miei genitori fossero d'accordo. Aggiungeva che mi aspettava per la settimana successiva, di mercoledí. Avremmo iniziato alle 17, dopo il tramonto.

Avrei voluto scrivergli di no, che non avrei mai piú varcato la soglia del centro né al tramonto né in qualsiasi altro orario. Non se ne faceva piú niente, grazie tanto lo stesso. Poi mi era tornato in mente il modo in cui aveva camminato per il corridoio, la sicurezza che emanava il suo corpo, la sua andatura. Neanche per un istante avevo avuto l'impressione che si muovesse nel buio. Allora avevo sospirato e gli avevo scritto solo: «ok».

– Lo so che è la prima lezione, ma è meglio iniziare ad abituarci subito al mondo là fuori, – aveva detto mentre uscivamo dalla porta principale. – Anche se rimarremo qui, s'intende.

Mi era sembrata una buona idea, saltare la teoria per arrivare alla pratica, ma non immaginavo che sarebbe stato cosí. Mi aggrappai al suo braccio. Scorgevo il baluginio dei lampioni, in strada, e uno spicchio di biancore in fondo al giardino: era la luce della casetta dove abitava il custode.

Per il resto, senza occhiali e lenti il mondo mi pareva un pozzo, e a ogni passo potevo caderci dentro.

Camminammo senza meta nel giardino, per un po'. C'era odore di pigne e resina, mi cadde una goccia sulla testa.

Poi Emilio mi disse di staccarmi dal suo braccio: – Vai da sola. Io sono qui vicino.

Ci provai, almeno venti passi cercando di non inciampare, poi lui mi prese per un gomito: – Cammini come una che ha gli occhi bendati, cosí rischi di cadere e farti male.

– Ma io *ce li ho* gli occhi bendati, – protestai.

– Serve solo del tempo, e pratica, – rispose. – E bisogna anche avere meno paura.

Avevo paura, ma volevo correre abbastanza veloce da seminare la malattia e il bastone di mio nonno, quell'eredità che avevo ricevuto solo io tra tutti.

– Devi provarci anche tu, – continuò Emilio alzando di nuovo il braccio. – Prendere i punti di riferimento. Lo faccio ogni volta che entro in una stanza. Ma si può fare anche qui, all'aperto. Dopo un po' diventa facile, ma all'inizio ci devi pensare.

Si fermò a un tratto e quasi gli andai addosso. – Ad esempio, ascolta. Ieri c'è stata una festa, il compleanno dell'istruttore della palestra. Hanno messo dei festoni, lo senti il fruscio?

Lo sentivo, il fruscio. Il vento spostava la carta crespa, aggrappata ai rami piú bassi degli alberi.

– Se sappiamo dove sono i festoni, sappiamo anche dov'è il cancello dell'entrata. Proprio alla nostra destra, giusto?

– Giusto, – risposi. Ma non ne ero sicura, per niente. Odiavo starmene lí, al buio, con la certezza che se Emilio avesse smesso di parlare, se avesse deciso di andare via all'improvviso per qualche motivo, non sarei riuscita piú a tornare indietro.

Per impedirgli di scomparire, continuavo a fargli domande.

– Quanti me ne servono, di questi punti di riferimento? – Mi coprii la testa con il cappuccio del parka.

– Direi che tre sono perfetti. Ma anche due bastano, se conosci già il posto. Qui hai anche la strada. Riesci a capire da dove arriva il rumore delle macchine? È una garanzia, e può salvarti la vita in certe occasioni. Ora prova a dirmi da sola qual è il terzo.

Mi concentrai sui suoni intorno a me, ma non riuscivo a sentire niente se non era Emilio a indicarmelo.

– E gli occhi come vanno? – chiese all'improvviso. – Ti bruciano ogni tanto?

– Mai, – risposi. Non c'era bisogno di dirgli la verità.

Da lui avrei solo imparato a camminare in quel modo lí. Me lo doveva, era un istruttore e veniva pagato per farlo.

Il resto rimaneva mio, cose che tenevo per me.

Le scuse alla professoressa, *purtroppo oggi non posso leggere ad alta voce perché ho mal di testa*, la richiesta al conducente di dirmi il numero dell'autobus, prima di salire, *ho dimenticato gli occhiali a casa anche oggi, mi scusi*, il numero dei gradini dei palazzi che imparavo a memoria per non inciampare, le parole spese a parlare di un motorino che non avrei avuto mai.

Piú che bugie erano accorgimenti, come quando mia madre aggiungeva un po' di zucchero a velo sulla crosta della torta, per nascondere la parte bruciata.

Per le due settimane successive e fino a metà novembre, continuai a provare.

Un piede dopo l'altro, facendo finta di sapere per certo che la suola della scarpa avrebbe trovato il terreno, una volta posata giú. Emilio stava lí accanto, fumava nell'aria gelata e di tanto in tanto mi correggeva la direzione, *cosí vai contro il palo a destra, raddrizzati.*

Mi rimproverava perché ero troppo tesa, *lo sento da qui che tieni le spalle strizzate. E la bocca? Rilassa la mascella Livia, cammina come una cieca.*

Non rimanevamo soli a lungo, durante quella camminata insopportabile. Gli utenti si fermavano ogni tanto a chiacchierare, accompagnandoci per qualche metro.

Michele era un signore di Trastevere e lí al Santa Lucia faceva l'allenatore di pallavolo. Voleva che provassi a entrare nella squadra. *Le ragazze sono brave eh, ti divertiresti.*

Le avevo viste giocare, in palestra, con una palla che faceva il rumore dei sonagli. Mi erano sembrate sgraziate, rigide, e troppo entusiaste quando facevano punto.

Il lunedí avevo i colloqui obbligatori con la psicologa, che prendeva appunti su un bloc notes e mi sorrideva. *A scuola come va? Riesci a raccontare qualcosa ai tuoi compagni? I tuoi amici lo sanno?*

Le risposi che no, non lo sapeva nessuno. Solo i miei genitori, ovviamente, e qualche insegnante.

– Capisco, – disse lei.

Indossava camicie sempre abbinate alle scarpe, a volte mi offriva una tazza di tè, che sorseggiavo facendo attenzione a non scottarmi la lingua.

– Magari però parlane con un'amica, ce l'hai un'amica del cuore? Anche se non è di scuola. Qualcuno che sa cosa stai passando.

– Non c'è nessuno, – ribadii, e a un tratto mi venne in mente Morena quando eravamo piccole, i vestiti scomodi che le comprava sua madre, la faccia che aveva fatto quando ero stata portata via dal campetto del WWF.

La psicologa scrisse qualcosa sul bloc notes, poi alzò lo sguardo e mi chiese come mi faceva sentire.

– Cosa?

Mi tiravo l'elastico per i capelli che avevo al polso, un rumore secco ogni volta che colpiva la pelle.

– Il fatto di non avere nessuno con cui parlarne, come ti fa sentire? – ripeté.

– Normale, – risposi alzando le spalle. – Sono abituata. E poi per adesso riesco a gestire tutto. Durante il giorno, a scuola, ci vedo abbastanza bene. Il problema è la sera, con il buio.

– Immagino, – disse lei. Mi fece segno di prendere un altro po' di tè, poi disse che sarebbe stato ancora piú difficile, da lí in poi, perché stava arrivando l'inverno. E con l'inverno le giornate si accorciano.

Annuii, e posai la tazza.

– Cosa succederà, Livia, quando ci sarà piú buio?

Alzai di nuovo le spalle, presi un altro sorso di tè ma ebbi difficoltà a mandarlo giú.

– Penso che dovrò abituarmi, – risposi.

– A cosa dovrai abituarti?

– Al mondo che mi scompare intorno, al mondo che va via.

Lei stette un attimo in silenzio, poi riprese a scrivere sul bloc notes.

Avrei voluto strapparglielo dalle mani, leggere quello che aveva da dire su di me, controllare che avesse compreso il mio resoconto, che non ci fossero fraintendimenti.

Dopo il colloquio con la psicologa, era il turno della lezione di informatica. Dovevo imparare a leggere con un computer per non vedenti. L'insegnante era bravo, paziente, e ci vedeva.

Poi aspettavo che arrivasse il tramonto, in genere seduta al bar, in un tavolino all'angolo.

Evitavo di parlare, se non era strettamente necessario, ignorando chiunque cercasse di rivolgermi la parola.

Alcuni erano diventati cosí da un giorno all'altro. Si erano addormentati la sera come sempre, avevano chiuso gli occhi, e quando li avevano riaperti, la mattina, erano ciechi. A me questo non sarebbe mai successo, pensavo per calmarmi. Sarà un processo lento, non mi devo preoccupare.

In questi casi, quando capita all'improvviso, l'insorgere della depressione è molto frequente, mi aveva detto Emilio, e i tentativi di suicidio pure. *Ma non ci pensiamo adesso, continuiamo la lezione*.

Non camminavamo sempre, io ed Emilio. Al buio dovevo imparare anche a cucinare, a riempire la moka, a scegliere i vestiti per il giorno dopo. Usavamo la cucina del centro come fosse una sala prove, facevamo finta che vivessi davvero lí.

Bisognava impugnare il manico della padella in un modo preciso, per evitare di bruciarsi, e affidarsi agli odori per capire la cottura.

Avevo chiesto a Emilio come le aveva imparate lui, quelle cose.

Da solo, molto prima di arrivare qui, e non aveva aggiunto altro.

Il mercoledí una ragazza mi insegnava a truccarmi, mascara correttore e blush rosa sulle guance, a fare la ceretta e a inserire correttamente l'assorbente. *Sono cose importanti, è fondamentale rimanere signorine, non credi?*

Tornavo a casa, la sera, accompagnata da mio padre.

Mi prendeva per il braccio senza riuscire a dissimulare l'imbarazzo, le dita indecise se stringere o se limitarsi a sfiorare.

A volte mi poggiava una mano premurosa sulla schiena ed entravamo cosí, io davanti e lui dietro, in un silenzio di cui gli ero grata.

9.

L'occupazione del Lucrezio Caro si decise per alzata di mano. Uno dei rappresentanti d'istituto parlò dentro al megafono, chiese: – Lo vogliamo occupare questo liceo? Vogliamo dirlo che ci siamo rotti il cazzo? – Gli studenti riuniti in palestra risposero con un boato, ci furono applausi e qualcuno che gridava *noi-la-cri-si-non-la-pa-ghia-mo*, poi tutti nel corridoio e in cortile, bisognava far uscire dalla scuola il preside, gli insegnanti, i bidelli, chiudere le porte con catene e lucchetti, capire chi sarebbe rimasto la notte, servivano trenta persone almeno o l'occupazione non sarebbe stata valida.

Chi vuole dormire qua deve segnarsi su questo foglio, fatelo girare, mi raccomando regà solo se poi ci dormite veramente, niente cazzate.

Eravamo schiacciati l'uno contro l'altro, stretti dentro il campo di pallavolo.

Mi alzai sulle punte, Lorenzo parlava all'orecchio del ragazzo con il megafono.

Strinsi gli occhi per capire che espressione avesse, se stesse sorridendo o fosse preoccupato. Quando mi sembrò che stesse guardando nella mia direzione gli feci un cenno, ma mi sentii stupida e abbassai il braccio. Non poteva mica vedermi, lí in mezzo alla folla.

A parlare erano in quattro, in piedi su un banco che era stato trascinato fuori. Si passavano il megafono, se lo strappavano quasi dalle mani, provavano a coordinare il fiume di studenti eccitati che continuava a riversarsi in cortile.

Risuonò la voce del ragazzo che stava vicino a Lorenzo, un tizio con i capelli rasati, molto piú basso di lui. – Bisogna restare uniti e non fare cazzate, – urlò. – Non rompiamo niente regà, all'Azzarita hanno fatto un bordello, ma noi qui saremo corretti. La vogliamo rendere migliore questa scuola, quindi ringrazio tutti già da adesso per la collaborazione.

Poi Lorenzo si rivolse a quelli del ginnasio: potevamo andare a casa se non ce la sentivamo di rimanere, potevamo farci venire a prendere dai nostri genitori. L'importante era che rimanessero loro, i piú grandi.

– Non è che me lo deve dare lui il permesso di andare via –. Era Daniele che aveva parlato. Sentii il suo sguardo rapido su di me, mi girai.

Aveva già preso le sue cose: lo zaino floscio che portava su tutte e due le spalle, la giacca imbottita blu scuro, allacciata fino al collo, uguale a quella del padre. Al braccio aveva appeso un ombrello di quelli lunghi, con il manico ricurvo.

Faceva roteare le chiavi del motorino nuovo, gliel'avevano preso i genitori come regalo di Natale anticipato, e quasi gli caddero dalle mani quando si accorse che lo stavo fissando, abituato com'era al mio sguardo sfuggente.

– Te ne vai? – gli chiesi.

– Certo, – rispose lui. – Questa roba qua è una pagliacciata. E poi cosí domani io e mamma partiamo per la montagna, mio padre ci raggiunge sabato. Spero solo che non ci rimettiamo tutti per colpa di questi idioti, guarda.

Annuii e mi girai verso i rappresentanti d'istituto, una mano davanti agli occhi per proteggermi dal cielo bianco, la luce gelida di fine novembre. Dovevo chiudere le palpebre ogni tanto, riposare un po' prima di tornare a guardare. Gli occhiali da sole erano rimasti sul banco, non c'era tempo per andarli a recuperare.

Lorenzo aveva di nuovo preso il megafono in mano, parlava di autogestione e di capire chi tra di noi voleva mettere su dei corsi. – Se ne occupa Morena Autorino, ditelo a lei se vi viene in mente qualcosa.

Non aveva dovuto specificare a che classe appartenesse Morena. Tutti sapevano chi fosse, da quando aveva parlato all'assemblea.

Provai a individuare tra gli studenti la sua giacca da montagna rossa.

– Tu che fai? – Era Daniele, ancora vicino a me.

– Io rimango.

– E dormi qui?

– Sí, dormo qui.

Non avevo esitato nemmeno un attimo. Andare via per me era fuori discussione.

– Ah ok, – rispose lui, sulla faccia un'espressione stupita. Se ne rimase lí, a far roteare le chiavi del motorino in modo sgraziato, e pensai: forse sa tutto. Lo sa che non mi è permesso rimanere fuori casa dopo il tramonto, figuriamoci dormire in una scuola occupata. Si è accorto che in classe sbatto contro i banchi, faccio cadere le penne, ci metto piú degli altri a finire di scrivere la versione, che vengo interrogata meno di tutti loro, e spesso per ultima.

– E poi cosí aiuto anche Lorenzo, – ripresi. – Mi ha detto che avrà bisogno di me per gestire alcune cose qua.

In realtà non parlavo da sola con Lorenzo da giorni, aveva anche smesso di accompagnarmi a casa. Era sempre gentile con me, mi salutava con un bacio sulla guancia e continuavo a passare l'intervallo insieme a lui e ai suoi amici, ma per la storia dell'occupazione aveva dovuto passare molti pomeriggi con quelli del collettivo, a parlare per ore di cosa fare e come.

Fumava molto piú di prima, i bordi della bocca sempre gialli per la nicotina, e sembrava nervoso ed emozionato allo stesso tempo.

Ci sussurrava con fare cospiratorio stralci di informazioni: volevano entrare a scuola di notte, scrivere su un lenzuolo «LUCREZIO CARO OCCUPATO» e appenderlo alla facciata, stampare dei volantini con l'elenco delle angherie commesse dal governo contro la scuola pubblica. Ma poi non erano riusciti a fare nulla, tutto era successo cosí in fretta.

Una ragazza vicino a me mi disse *tieni*. Presi il foglio che mi tendeva, stropicciato dai passaggi di mano in mano.

Dovevamo scrivere il nome, il cognome, la classe, poi firmare e passare a chi stava accanto. – Ce l'hai una penna? – chiesi a Daniele. – Ho lasciato le mie cose in classe.

Mentre rovistava nel suo astuccio, pensai che non potevo tornare a casa per prendere la mia roba. Se avessi messo piede oltre l'uscio, mio padre non mi avrebbe piú fatto uscire. Dovevo rimanere lí e dormire con i vestiti che avevo addosso, farmi prestare un sacco a pelo da qualcuno. Avevo un paio di lenti di scorta, dei soldi per comprare la cena. Mi sarebbero bastati.

La penna non funzionava bene, provai a sbloccare l'inchiostro facendomi un ghirigoro sul palmo. Diedi un'occhiata agli altri nomi, scritti in colonna. C'erano tutti i rappresentanti d'istituto, sentii una morsa allo stomaco trovando la firma di Lorenzo, la sua calligrafia che non avevo mai visto prima.

E poi, tre righe dopo, il nome di Morena. Anche lei faceva parte del collettivo, Lorenzo la riteneva una forza. «Morena legge tantissimo, – diceva a me e agli altri durante l'intervallo. – Ha un sacco di idee, sembra piú grande della sua età».

Avrei voluto raccontargli, ce l'avevo sulla punta della lingua, che quando eravamo piccole si metteva dei vestiti orrendi di tulle, e che i peli le uscivano lucidi da sotto le braccia e dalle mutande del bikini, ed era probabile che ce li avesse anche adesso, lunghi in quel modo. Che sua madre non le permetteva di correre insieme a me, la piú veloce di tutte, quella che arrivava sempre prima alle gare, per paura che sudasse e si prendesse il raffreddore. Ma sospettavo che queste informazioni non avrebbero fatto altro che renderla piú interessante, ai suoi occhi.

Di nuovo la cercai girandomi, ed eccola lí nella sua giacca rossa, vicino alla rete di pallavolo intenta a gesticolare mentre parlava con uno dei professori che ancora non erano andati via.

Allungai il braccio per passare il foglio a una ragazza ma Daniele intercettò la mia mano, prese il foglio tra due dita. Mi chiese indietro la sua penna, si appoggiò al muretto per firmare.

Al megafono parlò di nuovo il tipo con la testa rapata. Per chi voleva restare, ci si vedeva tra mezz'ora nell'aula magna.

Percorsi il corridoio e poi l'ingresso. Nel gabbiotto non c'era piú la bidella, e qualcuno aveva strappato dei volantini dal vetro dell'entrata, il simbolo di Blocco Studentesco in basso a destra squarciato a metà. Le porte erano ancora aperte, uscii in strada e tirai fuori il telefono.

Camminavo lenta su e giú per il marciapiede, il trambusto di urla concitate alle spalle.

Mio padre rispose dopo un po' di squilli. – Scusami amore, ero in macchina. Che succede, ti senti bene?

– Sí, tutto ok.

Poi gli dissi che avevano occupato la scuola.

– Adesso?

– Ora, sí. Stamattina.

Rispose che se lo aspettava, del resto erano giorni che i ragazzi manifestavano. *Li capisco, l'avrei fatto anche io*. Domandò quale fosse il gruppo politico a capo dell'occupazione, ma non lo sapevo. Qualcuno di sinistra, comunque, dissi nel tentativo di rabbonirlo.

– E tu che vuoi fare. Rimani?

Stetti in silenzio. La mia intenzione non era di chiederglielo: volevo comunicarglielo. Papà, avrei detto, non mi importa nulla, ho deciso cosí. Si sarebbe opposto, avrebbe urlato anche, ma senza poterci fare niente: io quella notte avrei dormito a scuola.

Ma non era successo nulla di tutto ciò, e la calma con cui parlava mi fece quasi allarmare.

Volle sapere chi sarebbe rimasto tra i miei compagni.

– Tutti, – lo rassicurai. – Ci sono le mie amiche, staremo insieme.

Disse di inviargli il numero di una di loro, per qualsiasi problema.

– Va bene.

– Hai bisogno di qualcosa? Posso passare a portarti un cambio, lo spazzolino.

Risposi di non preoccuparsi, che avrei comprato tutto al supermercato vicino scuola.

– D'altronde è solo una notte, – commentò lui. Sembrava stesse parlando a sé stesso, piú che a me.

Rientrai a scuola con la sensazione che mi fosse sfuggito un particolare. Che qualcosa, nel mondo come mi ero abituata a conoscerlo, si fosse spostato di poco.

Nell'aula magna feci fatica a concentrarmi. Mi ero seduta in uno dei posti davanti e ascoltavo i vari interventi, le parole di rabbia, i discorsi di chi si diceva ottimista perché le cose sarebbero cambiate, per forza sarebbero cambiate. Era una svolta epocale, la prova che noi studenti c'eravamo. Avremmo dimostrato che potevamo assumerci la responsabilità delle nostre vite, prendere il futuro per i capelli prima che scappasse via, trascinarlo verso di noi, decidere cosa farne.

Parlarono anche di cose piú precise, di decreti e di leggi che andavano cambiate, ma quei dettagli scivolavano via come acqua sulla cera, toccavano terra prima che riuscissi a coglierne il senso.

Lorenzo si era tolto la giacca verde, rimanendo con un maglione a righe bianche e nere che gli stava molto grande. Arrotolava le maniche, ma quelle gli ricadevano giú a coprirgli le mani mentre gesticolava e parlava con il tizio rasato. Il ricordo di quando, solo due settimane prima, mi aggrappavo alle sue spalle, sentendo l'odore di tabacco misto al profumo intenso del detersivo che usava sua madre, mi colpí lo stomaco. Cosa era successo, nel frattempo?

Come mai adesso non potevo piú salire sul suo motorino, avere un passaggio fino a casa, abbracciarlo da dietro, ricevere sorrisi quando nessuno guardava e sentire il tocco caldo e apparentemente distratto delle sue dita sulla mia schiena?

Lo ascoltai mentre rideva e chiedeva se qualcuno aveva una cartina lunga. Avrei voluto avercela io, fargli vedere che sapevo cosa fosse e a cosa servisse.

Morena controllò nel marsupio nero che teneva in vita. Si era fatta crescere un rasta lungo che le sfiorava il seno. Aveva tette grandi, da donna adulta. Tirò fuori la cartina, la passò a Lorenzo, lui le disse *grazie bella.*

Potevamo decidere, disse Morena quando prese la parola, cosa fare di concreto in classe: – Oltre ai corsi, c'è la possibilità di sistemare i banchi, mettere a posto le sedie, dare una mano di pittura al muro.

Facemmo una colletta, ognuno mise dieci euro per comprare la vernice.

Chi si offre di andarla a prendere? C'è un ferramenta in piazza Grecia.

Alzai la mano, *ci vado io*, e poi Daniele, da un punto dell'aula che mi sembrò lontanissimo, disse *ti accompagno.*

Non c'è bisogno, e sperai che la punta di panico nella mia voce fosse chiara, inconfondibile.

– Livia dài, fatti aiutare da Daniele, – intervenne Lorenzo mentre sbriciolava l'erba nella mano messa a coppetta. Ero abbastanza vicina per vedere che gli faceva l'occhiolino, ridacchiava, poi tornò a parlare con Morena.

Uscii dall'aula con l'impressione che tutti mi stessero guardando. Provai a camminare veloce, magari Daniele si sarebbe scoraggiato, avrebbe cambiato idea.

Ma arrivò il rumore di passi pesanti, mi raggiunse dicendo *oh rallenta.*

Fuori dalla scuola adesso c'era un gruppo di genitori che parlavano fitto, in attesa che i figli uscissero. Riconobbi il padre di Diletta, quello di Agnese, la madre di Costanza.

Nessuna delle mie compagne di classe sarebbe rimasta lí, se ne andavano tutte via e rimanevo io, che continuavo a camminare veloce nel tentativo di seminare Daniele.

– Comunque alla fine non mi sembra malaccio, – diceva con un po' di fiatone.

Bastava attraversare la strada e poi camminare per cento metri, il ferramenta era accanto alla pizzeria salernitana.

– È organizzata bene, – continuò Daniele. – Mi piace questa cosa dei corsi, ne ho in mente un paio da proporre a Morena. Anche se avrei preferito che i professori rimanessero, alla fine la scuola è anche loro, no? Potevamo fare una bella autogestione, organizzare le cose per bene senza tutto questo casino.

Nel negozio il commesso ci mise sotto gli occhi dei cartoncini con tutti i colori possibili. Erano decine, e mi resi conto di non sapere quale prendere. Ero andata via subito dall'aula, senza chiedere.

– Scegli tu, – dissi a Daniele.

– Sicura?

– Sí, sicura.

Dopo qualche minuto decise per un rosa acceso, simile al salmone.

Ne prendemmo due secchi, pagai con i soldi che mi avevano dato.

I secchi erano pesanti e il manico mi segava le dita. Daniele propose di portarli tutti e due, risposi che ce la facevo benissimo. Lui insisté: – Davvero dài, dalli a me.

Mi fermai e gli dissi: – Allora tieni –. Lasciai di colpo il secchio, che fece un rumore sordo quando cadde sull'asfalto, poi rotolò a terra per qualche metro.

Daniele si girò a guardarmi, quindi posò il suo e tirò su l'altro, prima che finisse in strada.

– Puoi essere anche meno antipatica con me, lo sai?

Stavamo fermi davanti alla macchinetta per le foto, un signore che trascinava un carrello pieno di buste ci chiese se avevamo qualche spiccio. *Non ho niente.*

– Che vuol dire antipatica, non sono antipatica.

Guardai il signore che andava via, i capelli arruffati che spuntavano da un cappello di montone scolorito.

– Mi sa che sei ancora arrabbiata, vè?

– Torniamo dentro –. Feci qualche passo, mi girai e Daniele non si era mosso. – Ti sbrighi? Dobbiamo portare la vernice, ci stanno aspettando.

Daniele disse che dubitava stessero aspettando noi. – Non gliene importa molto, mi sa.

A chi è che non gliene importa molto, avrei voluto chiedergli, ma non volevo sentire la risposta.

Mi avvicinai di nuovo, gli dissi: – Beh quindi che facciamo?

– Volevo solo chiederti se eri ancora arrabbiata.

Aggrottai la fronte. – Per cosa?

– Lo sai per cosa –. Tirò su con il naso e si mise le mani in tasca, gli occhi puntati verso le mie scarpe. – Non è facile riuscire a parlarti, te ne stai sempre con quegli altri, in classe non ci sei mai. Magari ce l'hai ancora per quella cosa, boh. È passato tantissimo tempo.

Sembrò voler fare un passo nella mia direzione, e per un attimo temetti che volesse abbracciarmi, ma per fortuna rimase fermo.

– Non so di che parli, – e distolsi lo sguardo cercando di concentrarmi sui passanti, i bambini che entravano tardi a scuola, i cani portati al guinzaglio, il proprietario del bar che fumava appoggiato a un lampione.

– La festa da Irene, – fece lui. – Ma comunque non importa, – disse scuotendo la testa. – Io volevo pure sapere come stavi, adesso. Se era peggiorata ancora. Mi sembra di sí, vero?

In quel momento pensai che avrei voluto colpirlo. Colpirlo forte con il pugno chiuso, preciso in mezzo alla faccia. Vederlo perdere il fiato, le mani subito alzate per coprirsi il naso, e poi giú sull'asfalto, accartocciato su di sé, incapace di dire altro.

– Non sono affari tuoi –. Feci per riprendere il secchio, ma lui fu piú veloce, lo tirò dal manico e se lo mise dietro alle gambe, lontano dalla mia portata.

– Vorrei solo aiutarti, – disse. – Ne ho parlato anche con mia mamma. Lei fa il medico e ti ha vista a scuola un paio di volte. Non ci voleva credere, in effetti non sembra che hai dei problemi a... con gli occhi, insomma. Però io gliel'ho assicurato, le ho detto di quella sera alla festa. Le ho detto che ogni tanto non ce la fai.

Mi girai e cominciai a camminare, ignorando la sua voce che mi diceva di restare, di parlarne un po', che lui poteva aiutarmi in classe, *possiamo fare i compiti insieme magari, in due secondo me siamo piú veloci.*

Superai il gruppo di genitori ancora in attesa, si erano aggiunte anche due macchine della polizia e mi chiesero chi ero, dove andavo. Dissi che ero una studentessa del Lucrezio Caro, dovevo rientrare a prendere le mie cose. Mi fecero passare senza chiedermi altro.

Corsi su per le scale, due gradini alla volta, finché arrivata al terzo piano il piede scivolò e sentii il vuoto sotto di me. Riuscii ad afferrare il corrimano in tempo, con una mano sola. Stetti ferma per qualche secondo, cercando di riassorbire la scarica di adrenalina, il petto che andava su e giú. Diedi un'occhiata in giro, qualcuno mi aveva vista scivolare? Le scale erano vuote. Sembrava tutto vuoto in realtà, come se non ci fosse piú nessuno.

In classe era rimasto solo il mio zaino. In fretta, misi dentro il Rocci, il quaderno ad anelli di matematica, il temperino.

Poi mi sedetti sulla sedia, il cuore ancora troppo veloce. Sul banco qualcuno aveva scritto «Chi ama la figa metta una riga». Toccai le linee che altri avevano inciso nel legno, decine di righe fitte che arrivavano fino al bordo del banco.

Era strano starmene lí da sola, in quel luogo che era sempre pieno di persone, di voci, di ostacoli da evitare per non far capire che ci vedevo poco.

I termosifoni erano accesi al massimo, fui invasa da un tepore piacevole a cui ero tentata di abbandonarmi. Avrei potuto restarmene lí, mettere la testa sul banco e dormire, poi svegliarmi il giorno dopo, tornare a casa e dire ai miei genitori che era andato tutto bene, che me l'ero cavata alla grande.

Chiusi gli occhi. Il ronzio dei termosifoni era un *bzzzz* sommesso che ogni tanto veniva soffocato dal gorgoglio delle tubature. Qualcuno, da qualche parte, aveva scaricato il water.

Continuai a starmene con gli occhi chiusi. Non era vero che non c'era piú nessuno, a scuola. Se me ne stavo lí in silenzio ad ascoltare, potevo sentire con chiarezza delle voci che provenivano da fuori, forse in cortile. E i passi sulle scale, ora li sentivo con chiarezza. Arrivavano dal piano di sopra. Una porta che si apriva e sbatteva, i due poliziotti che parlavano con il rappresentante rasato, il loro accento calabrese e il tono di voce autorevole, a tratti canzonatorio.

Basta prendere dei punti di riferimento, mi dissi.

Due o tre punti, il resto andrà da sé.

Feci un respiro, aprii gli occhi e mi alzai.

Arrivai in aula magna, erano ancora tutti lí. Daniele aveva già consegnato i secchi a Morena, e ora stava seduto a braccia conserte. Non si girò quando gli passai accanto.

Il pomeriggio trascorse veloce, ci mettemmo a dipingere le pareti delle classi con dei pennelli presi chissà dove.

Il rosa era veramente troppo acceso, mi ritrovai con degli schizzi di vernice sulla maglietta e sui pantaloni. Provai a toglierla con dell'acqua, se ne andò via senza difficoltà.

Verso sera si cominciò a pensare a dove dormire. Un ragazzo del terzo A che faceva lo scout aveva portato abbastanza sacchi a pelo per tutti. C'erano anche delle coperte, e della pizza al taglio che mangiammo fredda, seduti per terra all'ingresso.

Qualcuno tirò fuori una chitarra, iniziammo a cantare,

un paio di ragazze ballarono anche, prendendosi a braccetto. Mi passarono una birra, ne bevvi due sorsi, poi una canna che rifiutai. Avevo paura che avrei tossito davanti a tutti, e sarebbe stato chiaro che quello era il mio primo tiro.

La birra sapeva di acqua sporca, ma dopo un po' sentii la testa piú leggera, e anche stare lí mi parve a un tratto divertente. Qualcuno propose di fare il gioco della bottiglia, dato che ce ne stavamo lí seduti in cerchio, ma nessuno prese la proposta sul serio.

Il gabbiotto del bidello era illuminato da un faretto che proiettava le nostre ombre sul pavimento. Socchiusi gli occhi. C'erano dei puntini nel mio campo visivo, sulla destra, e delle scie bianche poco piú in giú. Ma le ombre riuscivo a vederle, mostri giganti che si muovevano al nostro ritmo.

Sentii la risata di Lorenzo, e mischiata alla sua quella di Morena.

Mio padre al telefono aveva detto che si fidava di me, ormai, e si fidava di quello che mi avevano insegnato al centro Santa Lucia. Ma che comunque dovevo fare attenzione. «Ti passo a prendere domani», aveva aggiunto prima di chiudere la chiamata.

Dopo gli mando un messaggio, pensai. Ora devo occuparmi di una cosa.

Mi alzai e andai verso le due voci, che sentivo chiare sopra tutte le altre, come se parlassero ancora attraverso i megafoni. Scavalcai bottiglie di birra abbandonate a terra, bastava strusciare un po' il piede per individuarne il tintinnio, e riuscii a evitare una pila di felpe abbandonate in un angolo.

– Ti posso parlare? – L'avevo preso per il braccio, per il maglione a righe che adesso non distinguevo piú tanto bene.

– Sí, certo, – rispose Lorenzo. C'era sorpresa, nella sua voce. Forse era un buon segno. – Mi puoi scusare un attimo?

– Vai pure, – rispose Morena.

L'adrenalina che avevo provato scivolando per le scale era tornata, me la sentivo nelle gambe e nel petto.

Portai Lorenzo nell'aula computer, vicino all'ufficio del preside. Chiusi la porta.

Mi chiese che succedeva, andava tutto bene?

– Perché tutti mi chiedono sempre se va tutto bene. Sempre a chiedermi se qualcosa non va. Non c'è niente che non va.

– Ok, – disse. Si sedette sulla cattedra, allargò le gambe, fece una risata. – Mi fai paura però cosí eh.

Non voglio farti paura, pensai, è l'ultima cosa che voglio.

Lo raggiunsi in due passi, gli presi una mano tra le mie. La cattedra era alta, dovetti alzarmi sulle punte dei piedi per arrivare alla sua guancia. Un bacio piccolo in un punto vicino all'orecchio, cosí leggero che non ero neanche sicura di averglielo dato veramente. Non si spostò, e la sua mano rimase nella mia.

Allora gliene diedi un altro, sulle labbra, che erano grandi e morbide, e non si spostò neanche lí. Gli misi una mano sul braccio, mi sembrò che la sua pelle sprigionasse calore, e che quel calore si propagasse a me, alla mia bocca e alla mia lingua, alla saliva che forse era un po' troppa, stavo sbagliando qualcosa?

Stavo per chiederglielo, ma lui mi mise una mano sul fianco, mi tirò a sé. Mentre lo baciavo, con gli occhi chiusi, pensai che era vero quello che aveva detto Emilio una volta, che il buio assoluto non esiste. Ci sono sempre dei colori, una scia di rosso, un tratto verde.

– Abbassami i pantaloni, – gli dissi, e non aspettai neanche che mi rispondesse. Lo feci io, mentre continuavo a baciarlo, slacciai il bottone e mi scostai solo per sfilarmi anche la maglietta e il maglione. – Che fai Livia, no.

– Cosa? – Aprii gli occhi. Lo vidi scendere già dal banco, prendere il mio maglione da terra.

– Rivestiti.

– Ho fatto qualcosa di male?

– Non hai fatto niente di male. È che non mi va.

– Non ti va? – Avevo le braccia in alto, incastrate dalla

maglietta. Le abbassai, e accettai il maglione che mi stava porgendo.

– Che ti è preso? – Si passò una mano tra i capelli, fece una risatina. – Voglio dire, prima sei una santarellina e poi adesso... non sei un po' troppo piccola per questo?

– Io non sono... – iniziai a spiegare, ma non sapevo davvero come continuare.

Mi tirai su i pantaloni, chiusi il bottone, e mentre uscivo dalla stanza mi arrivò la voce di Lorenzo. – Non lo dico a nessuno, comunque.

Superai l'ingresso, camminai verso le scale. Sperai con tutta me stessa che stavolta, salendole in fretta, mi potessero inghiottire.

Terza parte

Tiresia

1.

– Arrivavano da tutta Italia, la maggior parte da famiglie disperate che non avevano le competenze o i soldi necessari per prendersene cura. Cosí è nato il Centro Santa Lucia, voluto da Papa Pio IX nel 1868, sulle rovine di un convento di francescani. Imparavano il braille e a leggere la musica, e in molti fin da piccoli diventavano eccellenti musicisti, soprattutto di pianoforte.

– Peccato tu abbia ereditato le doti musicali di tua madre, – sussurrò mio padre, io ridacchiai e lei gli diede una gomitata.

Il discorso della presidentessa stava iniziando a diventare troppo lungo, qualcuno attorno a me sbadigliava senza neanche preoccuparsi di fare piano. Si chiamava Stefania Fiorentino, e prima di gestire il centro lavorava in uno studio di avvocati. I lunghi capelli decolorati, sempre in piega, le ricadevano sulla giacca stretta. Di lei si diceva che avesse gli occhi finti, biglie di plastica infilate nelle orbite, e che non sbattesse mai le palpebre.

Era spesso occupata a visitare le scuole, dialogare con i rappresentanti delle istituzioni e i politici, inaugurare aree pubbliche pensate apposta per i non vedenti, e al Santa Lucia riusciva a venire di rado, ma quello era un giorno importante. Da dov'eravamo seduti, a tre file di distanza, mi sembrava che Stefania Fiorentino le palpebre riuscisse a chiuderle eccome. Passò il microfono a un signore sulla settantina, forse il vice, che ricordò a tutti perché fossimo lí.

Era il 13 dicembre, Santa Lucia, il giorno piú corto dell'anno. – Può sembrare il giorno della sconfitta, – disse l'uomo tenendo una mano sul cuore, in un gesto solenne. – Ma è invece la testimonianza che niente è mai perduto, che l'assenza di luce è la prova stessa che la luce esiste, e noi oggi la celebriamo.

All'entrata a ognuno era stata consegnata una candela elettrica che emetteva una luce aranciata, mio fratello cercava di svitarne la fiamma in plastica con i denti, dondolava le gambe che non arrivavano a terra e ogni tanto calciava per sbaglio la sedia davanti. – Quand'è che finisce, – chiedeva a mia madre, e lei senza rispondergli lo accarezzava sulla testa e lo stringeva a sé, cercava di contenere la sua irrequietezza. Qualcosa mi trattiene dal chiedergli cosa ricordi di quei giorni, adesso che siamo cresciuti, cosa sia rimasto dei mesi passati ad ascoltare i nostri genitori parlare sempre e solo di me. Se percepisse la distanza, la mancanza di attenzioni, il peso di avere una sorella con un problema che non poteva risolversi, se già allora insomma fosse in qualche modo consapevole del divario insanabile che si sarebbe creato tra me e lui.

Quella mattina, quando era entrato al centro aggrappato alla mano di nostra madre, non era riuscito a smettere di fissare alcuni ciechi, e potevo capire il motivo. Anche io all'inizio ne avevo avuto paura. Gerardo per esempio, che ruotava la testa piena di capelli ricci come se stesse cercando qualcuno. Teneva le dita rigide sui braccioli della carrozzina e all'improvviso emetteva dei versi strozzati che la presidentessa ignorava con determinazione, continuando a parlare.

Due file dietro di noi c'era una ragazza albina che portava collane vistose e si truccava di blu le ciglia rade. Gli occhi storti, ravvicinati, la facevano sembrare perennemente triste, un giorno mi aveva chiesto se per caso avevo una gomma da masticare e avevamo parlato un po' del liceo e dell'università, l'anno successivo voleva andare a studiare a Bologna. Sua sorella gemella era seduta accanto a lei, con gli stessi capelli bianchi ma gli occhi che guardavano dritto.

Stefania Fiorentino prese di nuovo la parola, disse che era arrivato il momento che stavamo aspettando tutti, l'assegnazione dei premi. – Ma prima chiamiamo sul palco Antonio, ti sei nascosto? Eccoti laggiú, un applauso per Antonio.

Un uomo camminò fino alle prime file mano nella mano con sua madre, che lo fece sedere al pianoforte a coda e gli diede un bacio sulla guancia. Antonio era uno di quelli che vivevano al centro da molto tempo, avrà avuto piú di quarant'anni, capelli radi sulla testa larga, e di lui avevo piú timore che degli altri. Cercavo di evitarlo quando lo incrociavo in corridoio o in fila per il bagno, tentavo di cambiare strada ma lui era piú veloce. Mi riconosceva dai passi, voleva toccarmi, me lo chiedeva a voce alta: posso tenerti un braccio? Posso sentire com'è fatta la tua faccia? È vero che hai i capelli lisci lisci?

Mi batteva il cuore all'impazzata, scappavo via.

Mentre Antonio iniziava a suonare un pezzo lento, oscillando avanti e indietro, la presidentessa ricordò che, come ogni anno, i vincitori dovevano alzarsi e andare a ritirare il premio, una targhetta con il loro nome sopra: – È grazie a quelli come voi che il nome del Santa Lucia continua a splendere, siete il nostro orgoglio.

Aprí una busta e chiamò una ragazza che conoscevo perché era amica di Emilio. Tirava di scherma, quell'anno era andata alle paralimpiadi senza vincere niente. Si truccava di nero pesante intorno agli occhi e questo faceva risaltare ancora di piú il bianco vuoto delle orbite, come se le pupille le fossero state cancellate con la gomma. Arrivò al palco da sola, baciò sulle guance Stefania Fiorentino, fece un breve inchino per gli applausi e sorrise quando dal fondo della sala arrivò un fischio fortissimo, di quelli che si fanno mettendo sotto la lingua l'indice e il medio di entrambe le mani.

– Emilio sei un cretino, – disse. Mi voltai ed era lui, la sua testa che faceva capolino tra le altre. Ripeté il fischio, ancora piú forte. – Emilio? – mi disse mia madre all'orecchio mentre continuava ad applaudire. – È lui il tuo tutor, giusto?

Non avevo davvero riflettuto sull'incontro tra mia madre ed Emilio, ero già abbastanza agitata che vedesse tutti gli altri, che credesse che quello adesso era il mio mondo, che sarei diventata cosí anch'io.

Ma a lui non avevo proprio pensato, e quando piú tardi lei gli strinse la mano e gli chiese con tono scherzoso se ero attenta e se mi comportavo bene a lezione, mi sembrò di assistere alla scena di un film, tanto era surreale. Emilio fu simpatico, a suo agio piú del solito, forse perché avevano premiato anche lui.

Rispose con garbo e fermezza alla sua ironia, che poteva essere sferzante e mettere a disagio l'interlocutore. Poi si mise a parlare con mio fratello, piegandosi sulle ginocchia per arrivare alla sua altezza. – Vuoi delle caramelle? – Lo prese per mano senza esitare e lo portò via con sé.

C'era qualcosa che mi rendeva inquieta, ero determinata a non salutare nessuno, aspettare che tornasse mio fratello e poi trascinare lui e i miei genitori fino alla macchina, ma mi sentii chiamare da lontano. Tiziana arrivò rischiando di inciampare nell'orlo del vestito troppo lungo. Disse a mia madre che ci somigliavamo, adesso capiva da chi avevo preso gli occhi, le fece i complimenti perché ero una ragazza tanto educata. Mia madre le disse che era curiosa di visitare la struttura, *sembra bellissima da fuori*, e Tiziana le fece segno di seguirla.

– Si è convinta eh, – disse mio padre quando rimanemmo soli, indicandola con gli occhi. La guardammo scomparire oltre le scale che portavano alle aule del primo piano, alla palestra che mi rifiutavo di frequentare, ai corridoi che percorrevo piú volte a settimana mentre lei era a casa.

Venire fin lí doveva esserle costato molto, quella mattina era nervosa e si era arrabbiata con mio fratello perché non riusciva a infilarsi le scarpe. Poi però, una volta iniziata la cerimonia, mi era sembrata piú calma. Era sollevata, credo, dal fatto che il centro non fosse quel luogo orrendo che aveva immaginato, il luogo che da un giorno all'altro aveva risucchiato sua figlia.

– Eccoli che ritornano –. Mio fratello con le mani piene di carte colorate, e accanto Emilio che teneva un braccio attorno alle spalle di una ragazza. La baciava sulla guancia, voleva toglierle dalle spalle lo zaino, prenderlo sulle sue, sentii lei che diceva *non ti preoccupare.*

Aveva le labbra truccate di rosso.

– Isabella, – fece a mio padre per presentarsi. A me rivolse solo un: – Ciao, – insieme a un sorriso che mi sembrò accondiscendente.

– Non sono riuscita ad arrivare in tempo, maledetta Trenitalia.

– Ma non ti sei persa niente, – disse Emilio con la faccia luminosa, e allora mi fu chiaro che l'allegria che l'aveva cosí addolcito dipendeva da lei, dal pensiero che sarebbe arrivata.

Isabella veniva dalla provincia di Treviso, avevano una relazione a distanza da due anni. Questo lo raccontò Emilio per rispondere alle domande di mio padre, curioso e forse stupito come me da quell'apparizione, mentre Isabella prendeva da mangiare al buffet.

Sospettavo che Emilio non le avesse detto nulla di me, del lavoro che facevamo insieme, delle passeggiate sul selciato del centro, di tutte le ore passate a cercare di distinguere i rumori del giardino e quelli della strada, dei film audiodescritti con cui dovevo iniziare a prendere confidenza, e che interrompevamo sempre a metà per parlarne tra di noi.

Non aveva mai accennato a una fidanzata. E a una fidanzata che ci vedeva, per giunta. Mi sembrava che fosse un'informazione, questa, di cui mi aveva tenuta all'oscuro intenzionalmente.

Isabella tornò con un piattino pieno di pizza. Me ne porse una fetta, declinai.

– Emilio ha fatto un discorso pazzesco, – dissi. Non era vero, parlare in pubblico gli veniva piuttosto male e si era bloccato piú volte, ma volevo che Isabella si pentisse di non essere arrivata in tempo, che sapesse di aver perso qualcosa. – Non ascoltarla, – disse Emilio scuotendo la testa. – A Livia piace scherzare –. Mi fece la linguaccia, come se fossi una bambina. – Ma allora dopo me lo devi far sentire, – disse Isabella tirandogli piano la barba.

Era piú alta e piú bella di lui. Emilio la prese per mano e insieme iniziarono a ballare al centro della stanza, sulle note convulse che Antonio non accennava a smettere di suonare.

Si muovevano male, scoordinati e goffi, lui le fece fare un casqué e lei rise.

Mio padre mi chiese se volessi ballare anche io, ma gli risposi di no.

Isabella posò la testa sul petto di Emilio e lui le accarezzò i capelli, piano.

Avevo creduto, e solo adesso mi era chiaro quanto fossi stata sciocca a pensarlo, che la sua vita si limitasse a quello che vedevo io, che fosse tutta racchiusa lí, insieme a me e agli altri. Superava invece le mura del centro e si estendeva oltre Roma e i ciechi e i nostri esercizi interminabili con il braille.

2.

Nella mitologia greca Tiresia è uno degli indovini ciechi piú famosi. Però non era nato né indovino né tantomeno cieco. Era stato Emilio a raccontarmelo.

Trascorreva la sua placida esistenza da semplice uomo tebano, vedente e privo di abilità divinatorie, quando un giorno accadde che la dea Era si arrabbiò con lui per qualcosa che aveva detto, un segreto che aveva avuto l'imprudenza di svelare, e gli tolse la luce dagli occhi.

Zeus si dispiacque molto per la crudeltà di sua moglie, avrebbe voluto aiutare Tiresia ma non poteva in alcun modo fargli tornare la vista.

«Giacché nessun dio», aveva recitato Emilio a memoria, «può annullare quello che ha fatto un altro dio». Quindi il padre di tutti gli dèi decise che Tiresia, da quel momento in poi, come ricompensa avrebbe saputo prevedere il futuro, e cosí fu.

Avevo la netta impressione che Emilio stesse tentando di insegnarmi qualcosa, raccontandomi quella storia. Lo faceva spesso, e non solo con i miti greci che aveva studiato all'università e che ancora amava molto, ma anche con aneddoti sui suoi amici, o sulle persone che vivevano al centro, a volte infilandoli in una conversazione che con la cecità non c'entrava proprio nulla. Era il suo modo, mi pareva di capire, per normalizzare ciò che mi stava succedendo, per suggerirmi che le persone cieche erano persone come tutte le altre, che anche io avrei trovato il mio posto nel mondo, a un certo punto, e che tutto sarebbe andato bene.

A me di Tiresia però non fregava niente. E lo stesso provavo per le storie degli altri.

– C'è Angelica, la mia amica, che è campionessa di scherma. Tra qualche settimana andrà a vivere con il fidanzato, la dovresti conoscere.

Buon per Angelica, pensavo, brava lei, ma cosa aveva a che fare con me.

Man mano che lasciavamo l'inverno alle spalle, le ore di luce diventavano sempre di piú. Era una cosa su cui, prima, non avevo mai riflettuto. L'inverno era una scocciatura solo perché l'estate era lontana, bisognava vestirsi pesanti e c'era un po' di malinconia nell'aria. E io volevo trattenerla la luce, anche se a pensarlo mi sentivo stupida.

Volevo trovare la soluzione per conservarne almeno un pochino, cosí che il mondo non scivolasse via. Volevo che rimanesse ancora vivo, davanti a me, e io con lui.

Quando il sole cominciava a scendere oltre i palazzi mi mettevo a girare per la casa. I miei non potevano capire cosa stessi facendo, mi sorridevano e continuavano a stirare i panni, a guardare la televisione, ad aiutare mio fratello nei compiti di matematica.

Decidevo, per ogni stanza, quali erano le mie cose piú care.

Sulla libreria in salotto c'era la statuetta in argento di una cicogna, nel fagotto che teneva con il becco dormiva un bambino. Se lo toccavi piano, il fagotto dondolava.

Sfioravo con la punta delle dita i ghirigori damascati del divano, la cornice che conteneva la foto dei miei genitori da giovani – si erano conosciuti che mia madre non aveva neanche diciotto anni. Lei aveva i capelli cotonati e la faccia piú tonda di adesso, si teneva al braccio di mio padre, bello come sempre.

Quando il buio sarebbe arrivato, e ormai ero sicura che sarebbe successo, quelle cose lí non le avrei piú viste.

Allora andavo in camera dei miei, quasi correndo, mi soffermavo sugli intarsi del comodino, sulla confezione di pastiglie che mia madre prendeva ogni mattina, il bicchiere posato lí accanto. Guardavo da vicino la sua scrittura, in un biglietto per mio padre, la *i* e la *a* cosí simili a come le scrivevo anche io.

Volevo guardare bene anche i dettagli insignificanti che non avevo mai notato prima. In bagno, ad esempio, di che colore erano le fughe tra le mattonelle? Quanti alberi si riuscivano a vedere dalla finestra, qual era il punto preciso da cui si propagava la chiazza di muffa sul soffitto?

Aprivo la porta dello sgabuzzino, controllando che mia madre non fosse nei paraggi, e pescavo dal fondo, nascosto tra le giacche vecchie e le scatole di scarpe, il bastone di mio nonno. Non osavo tirarlo fuori, ma infilavo la mano quel tanto che bastava per toccarlo, soppesarlo. A me ne avrebbero dato uno piú leggero, pensavo, uno di quelli bianchi che vedevo portare ai ciechi del centro. Lo estraevano dallo zaino come fosse una bacchetta magica, ripiegato su sé stesso, e poi con un colpo del polso quello si allungava.

Mancava del tempo, ancora, Emilio continuava a battere su questo punto. C'era tempo per imparare, prendere le misure, abituarsi all'idea.

Un tempo da vivere in maniera attiva, diceva lui, perché ogni ora è importante. Non sono cazzate hippie, aggiungeva quando coglieva la mia perplessità. È che davvero, ogni singolo momento ci serve, ci servirà per il *dopo*.

A volte tornavo a casa la sera e senza cenare mi buttavo a letto, sfinita dopo aver passato tre o anche quattro ore al centro, le tempie che pulsavano dalla stanchezza. Mi toglievo le lenti, le appoggiavo sul piumone, infilavo gli occhiali. Il dottor Rimbaldi mi aveva fatto giurare, con la mano sul cuore davanti ai miei genitori, che gli avrei riferito ogni variazione della mia vista, che non avrei taciuto nulla. Mi aveva suggerito anche di tenere una sorta di diario. L'avevo fatto per un paio di giorni dopo la diagnosi, poi avevo lasciato perdere. Non so che scrivere, mi ero data come giustificazione. Ma non era vero. Volevo evitare che, scrivendole, le cose che mi succedevano diventassero piú reali.

Se avessi continuato a compilarlo, il diario avrebbe riportato, a un certo punto, la difficoltà che avevo iniziato a provare quando infilavo le lenti a contatto. Le avevo desiderate a lungo, con tutta me stessa, e adesso non le sopportavo piú.

Invece di darmi la luce, come era successo nei primi anni, ora mi sembrava che le lenti ingigantissero le ombre, che rendessero piú evidenti i punti di buio. E lo stesso valeva per gli occhiali. La miopia era peggiorata, ma il peso delle lenti e delle stanghette sulle mie orecchie aveva smesso di aumentare: non c'era piú bisogno di sostituirli, aveva detto Rimbaldi. È perché tanto sono spacciata, avevo aggiunto io, nella mia testa.

Iniziai a fare fatica a riconoscere le persone, quando mi venivano incontro. Le salutavo se mi salutavano, tacevo se mi passavano accanto senza dire nulla.

Strizzavo gli occhi talmente forte, nel tentativo di non lasciar sfuggire i particolari, che i muscoli mi dolevano, e allora dovevo ricordarmi di rilassare la faccia, respirare.

Non te ne accorgi subito, mi aveva avvisato Emilio durante una delle nostre passeggiate. Il cervello si adatta in fretta. La tua mente proverà a stare al passo del tuo peggioramento, la mente ci prova sempre, e per molti giorni non noterai nessuna differenza. Poi una mattina passi davanti al frigo e le calamite che per anni sono state attaccate allo sportello, e che hai visto e rivisto migliaia di volte, tutti i giorni della tua vita, non ci sono piú. Al loro posto, solo il bianco abbacinante del frigorifero.

Al supermercato devi farti aiutare per capire che pasta comprare, e se per salutarti ti danno la mano, ti occorrono piú tentativi prima di riuscire a prenderla.

Una parte di me sperava, ancora, che si sbagliasse, che per me le cose sarebbero andate in modo diverso: non ci sarebbe stato nessun cambiamento. E invece era iniziato ad accadere, proprio come aveva previsto lui.

3.

Un sabato mattina in cui faceva molto freddo, mi infilai le scarpe da ginnastica e uscii di casa mentre tutti dormivano ancora. Chiusi piano la porta dietro di me, le chiavi nella tasca piccola della tuta.

Lungo il vialetto iniziai a saltellare, inspirare con il naso, espirare con la bocca. Cominciare a correre fu facile, un passo dopo l'altro senza pensarci troppo. Il ragazzo che puliva la strada mi fece ciao con la mano.

Il mio corpo si ricordava, i muscoli c'erano ancora, li sentivo tendersi e rilassarsi sulle cosce. Dalla gara a Formello erano passati quasi cinque anni, e da quel momento nessuno aveva piú parlato di corsa, o della possibilità che io gareggiassi di nuovo.

Mi sistemai lo scaldacollo che avevo messo in testa per proteggere le orecchie. Altrimenti l'aria gelata ti entra dentro e poi vengono le otiti.

A correre cosí, sul marciapiede c'era il rischio di inciampare nelle radici dei pini che costeggiavano la strada. Avevano bucato l'asfalto e serpeggiavano fuori, simili a dita legnose di strega. Riuscii a evitarle senza problemi, mentre l'aria mi riempiva i polmoni.

Attraversai la strada sulle strisce e sulla destra oltrepassai la chiesa dove avevano messo mio nonno steso nella bara.

Mi venne un po' di fiatone. Proseguii lungo una salita sulla destra, dopo il ristorante La Giustiniana, e poi giú fino a una strada di campagna dove sapevo di poter stare tranquilla. Si sentivano dei cani abbaiare in lontananza.

Mi sfilai il guanto destro con i denti e premetti il pulsantino al lato dell'orologio sportivo.

Un chilometro in quattro minuti, ecco quello che dovevo fare. A undici anni ci riuscivo, a volte anche in meno tempo. L'allenatore diceva che ero nata per correre veloce, che a guardarmi sembrava che avrei fatto quello per sempre. Scherzava sulle Olimpiadi. Non diceva sul serio, ma un po' ci credevo lo stesso.

Quando l'allenatore aveva chiamato mia madre, un paio di giorni dopo la gara di Formello, aveva detto che mi aspettavano al campo, appena mi fossi ripresa. Dovevo continuare a lavorare sodo per la gara a Orte, a settembre. «Mi raccomando».

Non mi ero presentata la settimana successiva, e neanche quella dopo, cosí aveva provato a richiamare, poi aveva mandato un sms a mia madre, chiedeva cosa fosse successo.

Presi un sasso dal bordo della strada e lo misi accanto al mio piede. Avevo deciso che duecento metri erano da lí fino al cancello in fondo, a cui erano state attaccate decine di cassette della posta. Piú in là c'erano i recinti dei maiali e delle galline, sentivo l'odore acre dello sterco nelle narici.

Avrei fatto cinque volte su e giú, in quattro minuti netti. Allacciai bene le scarpe, controllai che avessero aderenza al terreno, legai i capelli ancora piú stretti sulla nuca e partii.

Riuscii a percorrere seicento metri senza problemi. Ci vedevo bene, la luce del mattino invernale era fioca e avvolgente, rischiarava la strada. Si sprigionava dalle gambe un'energia che avevo dimenticato di avere, la voglia di non smettere mai piú di correre.

Poi sentii alle mie spalle il fruscio di una giacca a vento e il fiato ritmico di qualcuno che arrivava verso di me. Mi passò accanto un signore di quelli magrissimi con la tuta attillata e i polpacci glabri. Guardò nella mia direzione giusto un attimo, il tempo di farmi un sorriso, un gesto di solidarietà tra sportivi. La sua era una marcetta piú che una vera e propria corsa, vedevo il suo cranio scintillante di sudore allontanarsi verso i campi.

Cercai di tornare a concentrarmi sul mio corpo, sul tempo che mi ero imposta e che dovevo rispettare.

Solo che da lí, dal momento in cui quel signore del tutto innocuo mi aveva guardato correre, smisi di saperlo fare.

Iniziai a pensare ai miei piedi, al fatto che andavano avanti e indietro, si poggiavano sul terreno, mi portavano oltre, e che non ero piú in grado di controllarli. Da un momento all'altro avrei potuto inciampare. Sarei caduta su un sasso, in una buca nascosta dalle foglie. Una storta, la caviglia che si piega, io che dovevo chiamare mia madre per tornare a casa. Sentii le gambe farsi molli, e il catarro nel petto mi era risalito fino alla gola. Mi fermai, le mani sulle ginocchia a riprendere fiato, poi tornai a casa.

Lo raccontai a Emilio. Un giorno eravamo nella solita stanza vuota, con i libri in braille sulla scrivania alle sue spalle. Stavo iniziando a studiarlo anche io, il braille, con molta fatica. Emilio diceva di non preoccuparmi se non ci riuscivo subito: era come imparare una nuova lingua, se lo fai da bambino ti riesce meglio. Quei libri erano talmente grandi, con le pagine spesse e rettangolari, che mi pareva assurda l'idea di poterli leggere davvero, in futuro, senza sentirmi ridicola. Che avrei potuto sostituire i miei libri veri con quelli lí.

Avevo deciso di raccontargli della corsa, di quel tentativo che mi aveva fatto vergognare, a ripensarci poi nei giorni successivi. E lui adesso non diceva niente, se ne stava con le gambe incrociate in quel modo stretto che le faceva sembrare disarticolate, fatte di pongo. Mi stizziva, quando faceva cosí. Avevo l'impressione che nella sua testa ci fosse un discorso in atto che rimaneva confinato lí dentro, un ragionamento a cui non mi era concesso prestare ascolto.

Restammo ancora qualche secondo in silenzio, con lui che tirava fuori dalla tasca della giacca le cartine e un biglietto dell'autobus a cui staccò un pezzo.

– In pratica non sto migliorando per niente, – dissi.

– Cosa intendi per migliorare? – Mise il filtro dietro l'orecchio mentre girava la sigaretta.

Non conoscevo nessuno che fumasse quanto lui, perdevo il conto delle cartine, dei filtri, degli accendini che a volte mi chiedeva di comprare. L'odore del tabacco mi piaceva, e anche il modo in cui buttava fuori il fumo, senza mai preoccuparsi che nella stanza ci fossi anche io, che il fumo in faccia potesse darmi fastidio.

– Dico che sono peggio di prima.

– Certo che sei peggio di prima, – mi rispose, annuendo. Accennò un sorriso, e immaginai che il discorso nella sua testa si fosse fatto ancora piú vivace, che le mie parole avessero trovato riscontro nei suoi pensieri e che per questo fosse contento, che pensasse: sta andando tutto come deve andare. Provai un senso di fastidio cosí intenso che mi venne una fitta alla pancia, la voce mi tremava quando ricominciai a parlare.

– Mi avevi detto, – iniziai stringendomi le cosce con le dita, – che sarei stata meglio, che avrei potuto muovermi come prima. Altrimenti perché sono qui?

– Sei qui per imparare. Devi riuscire a lasciarti andare, Livia. Sei rigida, ti comporti ancora come una che fa finta di essere cieca.

La fitta mi salí dalla pancia alla gola, un nugolo di vespe nere che mi facevano lacrimare gli occhi. Senza smettere di sorridere, Emilio aprí la bocca per aggiungere qualcos'altro, ma non gli permisi di parlare. – Non mi rincoglionire con le cazzate sul fare le cose in modo diverso, – gli dissi. Ero stupita dalla mia stessa audacia, incapace di smettere. – Non è vero che si fanno in modo diverso, si fanno peggio. Si fanno male, si fanno da ritardati.

Fece uno scatto involontario, uno spasmo muscolare che

per un attimo gli contrasse la faccia. *Ritardato* era una parola orrenda. La volevo usare ancora e ancora, gridargliela nelle orecchie, ripeterla finché non perdeva di senso, urlarla con il megafono nei corridoi del centro.

– Mi hai preso per il culo, te e tutti qua dentro, – continuai. Cercai di mantenere la voce ferma, di non vacillare, di fargli capire che facevo sul serio. – Me ne devo andare, devo starmene da sola, a casa mia –. Volevo ricacciare le lacrime indietro, farle tornare da dove erano arrivate.

– E in che modo questo sarebbe successo, sentiamo –. La sua voce, se possibile, era ancora piú calma del solito.

– Mi hai fatto credere che potevo rimanere normale, – cominciai, il nugolo di vespe che si risvegliava, bloccava la gola, incrinava le parole che volevano uscire, – che la gente poteva non accorgersi mai di niente, che potevo essere scambiata per una che ci vede. Come succede a te –. Emilio posò l'accendino sul tavolo in fòrmica che ci divideva, continuò a fumare con la fronte aggrottata.

Sapevo che voleva dire qualcosa, non aspettava altro che intervenire, consolarmi forse.

Volevo impedirglielo a tutti i costi, sovrastare le sue parole con le mie, continuare a parlare per sempre.

– E poi su internet ho cercato Tiresia.

Cambiò posizione delle gambe, si sfregò il naso con il palmo.

– Non ti sto seguendo.

– La storia di Tiresia, quella vera però, non quella che mi hai raccontato tu l'altro giorno.

– Ah perché adesso c'è una storia vera e una storia falsa?

Fece un gesto con la mano, come a darmi il permesso di parlare. Guardai il fumo che gli usciva dalla bocca e si disperdeva nell'aria, mi chiesi se non avrei dovuto dire a qualcuno che Emilio fumava nelle aule, con la porta e le finestre chiuse.

– Mi racconti sempre solo una parte della storia, quello che fa comodo a te –. Sentivo un formicolio sotto le palpebre, segno dell'insorgere inesorabile di quello che il medico aveva chiamato «mal di testa dei miopi». Si generava alla base del naso, una pressione che continuava verso le guance, sulle tempie, raggiungeva piano la nuca ed entrava negli occhi.

Socchiusi le palpebre, ridussi Emilio a uno spicchio.

– Quando Tiresia predice il futuro, le conseguenze sono devastanti, – dissi. Cercai di fermare il dolore premendomi forte le tempie. Non funzionò.

– Venire a conoscenza della verità, e in quel modo lí poi, portava gli uomini a impazzire, com'è successo a Edipo. Lo sai com'è morto Edipo?

Emilio aggrottò la fronte. – Certo, morí perché si uccise con...

– Te lo dico io, – continuai. – È stato Tiresia a rivelargli la verità terribile sulla sua esistenza –. Mi ero appuntata la storia su un biglietto, l'avevo letta piú volte per non cadere in errore, per non rischiare di essere smentita. – È cosí che Edipo impazzisce: ruba i due spilli con cui sua moglie tiene su la tunica, e senza esitazione se li infila negli occhi. Edipo diventa cieco e poi muore dissanguato.

Era un mal di testa peggiore del solito, avrei voluto alzarmi per bere un caffè, a volte aiutava, ma sapevo che non sarei riuscita a fare quei pochi passi.

Afferrai il telefono e chiamai mio padre, gli chiesi di venirmi a prendere prima, se poteva. – Dammi mezz'ora, – rispose.

Emilio insisté per accompagnarmi fuori, e dovetti accettare. Mi lasciò sui gradini, e prima di andarsene disse: – Oggi sei arrabbiata. Non importa.

Aspettai mio padre tenendo gli occhi chiusi. Sentivo il suono ritmico del sangue che scorreva nelle vene, potevo vedere la morsa di dolore che avanzava lenta e pesante come melassa, senza sosta. Mi mangiava il cervello, gli occhi, tutta la testa.

4.

Daniele citofonava verso le tre del pomeriggio. In genere aveva già mangiato, ma mio padre gli offriva sempre qualcosa. *Un po' di pasta avanzata? Delle zucchine sott'olio? Pane e salame?*

Dopo se ne stava seduto sulla sedia di camera mia a ingurgitare il cibo che non aveva saputo rifiutare. Tra un boccone e l'altro raccontava cosa avevano fatto quel giorno in classe, aneddoti di nessuna importanza su qualche litigio.

A scuola non ci andavo da sedici giorni. Avevo detto a mia madre che il mal di testa era troppo debilitante, *non riesco neanche ad aprire gli occhi, vuoi davvero farmi uscire di casa?* Si era offerta di accompagnarmi lei in Vespa, ogni mattina prima del lavoro. Aveva aggiunto, quasi in un sussurro, che da quello che le risultava il mal di testa non era uno dei sintomi della retinite, e che magari si sarebbe risolto in poco tempo. Avevo urlato che stavo troppo male, *sto male e non riesco ad andare a scuola, lasciatemi stare*. L'avevano fatto.

Daniele si era presentato alla porta di casa dopo il primo giorno di assenza. Mi aveva passato delle fotocopie e si era scusato per la scrittura incomprensibile, *se non capisci qualcosa poi dimmelo*. Quando si era accorto dell'errore, mi aveva guardato attonito e aveva fatto un suono gutturale, come per rimettersi in bocca le parole appena pronunciate. Sospettava che ormai leggessi a stento, e in effetti dovevo procedere parola dopo parola come un bambino che stava imparando l'alfabeto.

Avevamo continuato cosí, di giorno in giorno. I miei genitori avevano avvertito i professori, che a loro volta avevano avvertito i compagni. Ma a Daniele non chiedevo nulla di quello che si diceva di me in classe, e lui d'altra parte sembrava non avere niente da comunicarmi se non piccoli aggiornamenti su chi si era messo con chi.

Rimanevo stesa a letto mentre si lamentava che la Cursi era una stronza, l'aveva accusato di aver copiato durante il compito sulle figure retoriche, *ma ti giuro che non è vero Livia, ti pare che mi metto a copiare*, e io facevo sí con la testa, confermavo: hai ragione, è proprio una stronza.

Le tapparelle rimanevano abbassate tutto il giorno, cosí per vederci qualcosa Daniele doveva accendere la lampada sulla scrivania, il cui baluginio cercavo di evitare. Mi ritrovavo per minuti interi con parte della vista fuori fuoco, un televisore rotto che ronzava, miriadi di puntini colorati vagavano a volte nella parte sinistra, altre volte nella parte destra del mio campo visivo. All'inizio, starmene con gli occhi chiusi mentre lui leggeva gli appunti ad alta voce mi aveva fatto sentire vulnerabile. Non volevo che Daniele guardasse la mia faccia senza che io me ne accorgessi, allora chiedevo a mia madre di prestarmi i suoi occhiali da sole. Li preferivo ai miei perché le lenti erano senza gradazione, e poi erano grandi e tartarugati, coprivano anche le sopracciglia. Quando mi aveva visto in quel modo per la prima volta, Daniele aveva detto solo: «sembri una che fa cinema», poi aveva continuato a leggere.

Era diventato persino piacevole, starmene lí ad ascoltare. Potevo immaginare che lui fosse qualcun altro, o che anche io fossi una persona diversa.

Il mal di testa arrivava quieto, senza che avessi il tempo per accorgermene, e poi a un tratto diventava l'unica cosa su cui riuscivo a concentrarmi, un ottundimento che trasformava la mia fronte e i miei occhi in una massa pulsante di dolore assoluto.

L'oculista aveva detto di non esagerare con il paracetamolo, e io di rado ne prendevo piú di una pasticca, anche nei giorni peggiori. In fondo, e lo ammettevo a me stessa con un po' di fatica, iniziavo ad affezionarmi a quei momenti di stordimento. Il dolore fisico mi forniva una ragione evidente per rimanere a casa, per ritirarmi, chiudere la porta dietro di me senza rimpianti e abbassare le tapparelle.

Avevo sempre pensato che uscire, stare con gli altri, mi sarebbe mancato a un livello quasi insostenibile. A lungo avevo desiderato ardentemente continuare a esistere lí fuori, trovare a tutti i costi un modo per esserci, anche con la vista che se ne andava via.

Ma non mi ero mai sentita tranquilla come in quei giorni nella mia stanza, le tapparelle abbassate, il televisore con il volume al minimo, sempre acceso anche di notte.

Verso le sei, Daniele infilava i quaderni nello zaino e salutava mio padre rifiutando con gentilezza il suo invito a restare a cena. Se ne andava senza dire che sarebbe tornato il giorno dopo, non ce n'era bisogno.

I miei genitori non chiedevano quando sarei rientrata a scuola, e anche se l'avessero fatto non avrei saputo cosa rispondere. Speravo che con il tempo se ne sarebbero dimenticati, che avrebbero trovato sempre piú normale avermi in casa, seduta in poltrona ad ascoltare la radio, o a letto con uno straccio bagnato sulla fronte, gli occhi chiusi.

Avermi lí tutti i giorni sarebbe diventato la normalità, un'evoluzione naturale di quello che mi stava succedendo. E poi si sarebbero sentiti piú tranquilli. Niente piú paura del buio che arrivava, le chiamate per sapere dov'ero con l'ansia nella voce mal camuffata.

Saremmo stati tutti meglio, in quel modo lí.

Una mattina però mia madre bussò alla porta, ed entrò senza aspettare la mia risposta. Alzai la testa dal cuscino, pronta a dirle che stavo male, avevo sonno e volevo continuare a dormire. Lei fu piú veloce. – Forza vestiti, andiamo in un posto, – disse con una voce entusiasta che non somigliava alla sua, e tirò su le tapparelle. Si appoggiò al davanzale con le braccia conserte, non se ne sarebbe andata da lí finché non mi fossi alzata.

– Ti piacerà, te lo prometto.

Non guidava quasi mai la macchina e al semaforo le si spense un paio di volte, rigirò con foga le chiavi dando colpa al cambio troppo duro.

Fino all'ultimo sperai che con noi venisse anche mio padre, ma mia madre sembrava decisa a stare solo io e lei.

Nessuna delle due c'era abituata, e nella Citroën che odorava di vaniglia calò un silenzio pesante, che lei cercò di riempire facendo domande su di me.

Come andava a scuola, c'era per caso qualche ragazzo che mi piaceva, mi andava di accompagnarla dal parrucchiere la prossima settimana?

Rispondevo per non offenderla, ma avrei voluto che rimanessimo zitte. Sentivo il mal di testa premere sulle tempie, pulsare al ritmo della sua voce, battere ogni volta che la ruota prendeva una buca.

Arrivammo al Tevere, poi lo costeggiammo per qualche chilometro fino a una zona della città che non conoscevo. Una volta parcheggiato mi disse di aspettare vicino alla macchina, mentre cercava una colonnina per pagare il ticket.

Si muoveva come se avessimo fretta, ma quando glielo chiesi, se per caso rischiavamo di essere in ritardo, si riscosse: – No, scusami –. Rallentò il passo. – Non so proprio perché stavo andando cosí veloce.

Mi aveva portato in una galleria fotografica, un «luogo di cultura», cosí lo chiamò.

– Ci fanno le mostre, gli eventi, – disse mentre attraversavamo la strada. Mi teneva per la manica della giacca, e raggiunto il marciapiede si fermò all'improvviso, mi rinfilò l'etichetta del maglione dentro il colletto.

– Ti sei dimenticata di mettere la canottiera, – disse. Alzai le spalle, mi grattai il collo dove l'aveva toccato.

Comprò un biglietto intero e uno ridotto studenti, al botteghino c'eravamo solo noi, e anche dentro la mostra, in un capannone industriale che odorava di segatura, riuscii a scorgere giusto una signora anziana, che riposava seduta accanto a una fila di fotografie.

Il fotografo si chiamava McCurry ed era molto famoso, aveva girato tutto il mondo, spiegò mia madre. Iniziò a leggermi il volantino che le avevano dato insieme ai biglietti.

La mostra era divisa in dodici stanze, per colore.

– Ora siamo nella stanza verde, questa è la sua foto piú famosa.

Era stata scattata in un campo profughi, lesse, ritraeva una ragazza afgana di cui non si era saputo il nome per molti anni. Poi però l'avevano ritrovata.

Smise di leggere, stette un attimo in silenzio. – Ha degli occhi incredibili, – disse.

Continuavamo a camminare, lente, ciondolanti, ci fermavamo davanti alle fotografie, lei mi descriveva le persone che c'erano dentro. Lo faceva sussurrandomi all'orecchio, come se lo stesse dicendo tra sé e sé.

– In questa c'è un uomo con i denti neri. Nell'altra accanto una donna con il collo lungo da giraffa, gliel'hanno allungato con degli anelli. È una cosa che si fa, in certe culture.

Con la luce al neon appesa al soffitto, riuscivo a vedere qualcosa anche io, ma niente somigliava a quello che descriveva mia madre. Avrei voluto dirglielo, che le persone mi sembravano montagne, che dove c'erano degli uomini con i turbanti rossi, io ci vedevo dei pomodori maturi, e che la scimmia con il pelo congelato era per me un signore arrabbiato. – Perché ridi? – mi chiese lei a un certo punto, e stavo per parlare, ma poi cambiai idea.

Mi sembrava che, per la prima volta dopo tanto tempo, mia madre non avesse piú paura di me. Stavamo facendo una cosa normale, da madre e figlia.

Alzò il braccio e mi toccò i capelli, distrattamente, poi continuò a parlare.

Mi piaceva quella voce, il suo alito caldo, il profumo al muschio che si spruzzava ogni mattina. Mi faceva venire voglia di dirle: non torniamocene a casa, ti prego.

5.

– L'algebra mi piace, la geometria invece mi fa venire il mal di testa –. Quel pomeriggio la sagoma rassicurante di Daniele stava china sul quaderno, scriveva lentamente, ogni tanto ticchettava sulla calcolatrice. – Allora, esercizio ventinove pagina centoquaranta, vediamo un po'–. Daniele pronunciava ad alta voce quello che scriveva, anche le parentesi tonde e quadre, i numeri alla seconda, i calcoli che gli venivano male e quelli giusti, gli improperi per un'equazione da ricominciare. Dato che io non dicevo quasi niente, lui aveva deciso di dire tutto.

– Mai che ci riesco alla prima botta, oh –. Sospirò in modo enfatico, si mise a rovistare nella tasca dello zaino. La pallina del bianchetto fece un rumore di dadi lanciati, poi sentii lo schiocco del tappo, l'odore forte di vernice.

Il senso di avere Daniele lí con me era quello di fare i compiti insieme, tenermi aggiornata, avere un tramite tra me e la scuola. Ma sembrava un posto cosí remoto, adesso, la scuola. Come se non fosse mai esistita.

Sapevo però che mio padre passava davanti alla stanza piú o meno ogni mezz'ora, i piedi pesanti e lenti. Voleva capire se le cose andavano bene, se Daniele mi stava aiutando a *rimanere connessa*, come aveva detto una sera tardi a mia madre, mentre parlavano di me senza sapere che li stavo ascoltando.

Allora ogni tanto dicevo qualcosa per soddisfare quella ronda paterna, interrompevo il silenzio dal nulla. Daniele sobbalzava, sorpreso ma anche sollevato.

– Chi sta seduto al mio posto adesso? – gli chiesi mentre l'odore del bianchetto cominciava a scemare.

– Arianna Soldini.

– E in gita a Parigi ci andate?

– Non si può piú per colpa di quei quattro –. Mi spiegò che il preside Bonanni aveva annullato tutte le uscite fino alla fine dell'anno, e messo sette in condotta ai rappresentanti.

– Lorenzo invece?

– Lorenzo cosa.

– Non so, come sta?

– Mica sono amico suo, – rispose Daniele, e riuscivo a scorgere, nonostante la poca luce intrappolata nella stanza, che aveva cominciato a tirarsi i capelli indietro, a infilare le dita tra le ciocche indurite dal gel.

– Però vi parlate, vi conoscete.

Daniele sbuffò, tossí un paio di volte per buttare giú qualcosa che gli era rimasto incastrato in gola. – Alla gita a Parigi comunque ci vieni pure te, se ce la fanno fare, – disse poi. – Parli come se non facessi piú parte della nostra classe. Guarda che ci manchi.

Mi scappò una risata. – Certo, sicuro.

Pensai ad Arianna Soldini, una ragazza minuta con i capelli corti che stava sempre zitta, seduta a quello che fino a due settimane prima era il mio posto, proprio di fronte alla cattedra. Prendeva appunti, si dondolava sulla mia sedia, parlava con la mia vicina di banco. La guardavo da fuori e mi sembrava giusto che fosse lí, che mi avesse sostituita. Non volevo che restasse un posto vuoto.

– Quindi? Di Lorenzo nessuna notizia? – Chiederglielo di nuovo mi costava fatica, ma non potevo interrogare nessun altro.

– Senti Livia, non lo so. E poi ultimamente si fa vedere poco, anche a ricreazione. Sta sempre con quella là.

Lo stomaco mi precipitò alle caviglie, riuscii a chiedere: – Quella là chi?

– Giulia. Si stanno vedendo, o qualcosa del genere –. Sentii il mal di testa spingermi sul naso, soffocarmi il respiro, scendere giú fino all'ombelico.

– È solo una sua amica.

– Può darsi, ma li hanno visti baciarsi fuori dalla scuola.

– Lorenzo a me non ha mai detto nulla, – dissi provando a fingere disinvoltura.

– Perché, voi due vi sentite?

– Qualche messaggio.

– Ah sí? E vi sentite anche adesso che tu stai cosí?

Io non risposi e lui non aggiunse nulla, rimanemmo in silenzio fino a che arrivò l'ora di cena e lui andò via.

La notte mi rigirai nel letto, assillata dalle labbra di Lorenzo che toccavano quelle di Giulia, con il suo anello al naso e le cosce magre.

Quando non ne potei piú, mi alzai. Tolsi il pigiama e andai davanti allo specchio. Mi misi di profilo, alzai il mento, guardai i contorni di com'ero fatta.

Qualcuno doveva aver detto a Lorenzo che stavo diventando cieca. Per questo non mi aveva voluta. Non mi avrebbe piú voluto nessuno. O peggio, a volermi sarebbe stato un altro cieco, qualcuno che non avrei neanche mai visto, che avrei dovuto scegliere per mancanza d'altro, per sfinimento.

Non pensarci, mi dissi, non ci devi pensare, troverai il modo per fuggire. Ma non ci credevo piú.

Rimasi con gli occhi spalancati fino all'alba, poi sentii l'acciottolio delle stoviglie e trovai mia madre in cucina che beveva il caffè. Chiese come andava il mal di testa.

– Oggi non ce l'ho.

Le dissi che avevo bisogno di un passaggio a scuola. Era stupita, chiese se davvero mi sentivo meglio, se ero sicura di voler tornare.

– Sono sicura, – risposi.

– Allora aspetta che vado a prenderti una giacca a vento, – ma dissi che non c'era bisogno, l'avrei fatto io. Tolsi la giacca dalla stampella e presi dal comodino gli occhiali da sole, li infilai. Quando mia madre mi passò il casco, le ripetei che ero pronta, anche se stavolta non aveva chiesto niente.

6.

Non trascini i piedi, ma pieghi il ginocchio per bene, poggi il peso sul gradino e ti reggi al corrimano. Prosegui cosí fino alla cima delle scale, fino a che i gradini finiscono e sei nell'androne. Il rimbombo delle voci e dei passi ti riempie la testa, cerchi di isolarli. Ti concentri su ciò che è vivido per te, davanti a te. La fila di finestre a sinistra, il luccichio delle gocce di pioggia sul vetro, la bacheca grande di legno chiaro a cui sono affissi i risultati del torneo di pallavolo. Queste sono cose che esistono. Sobbalzi perché il vicepreside ti chiama per cognome, forse è la sagoma scura accanto al gabbiotto dei bidelli, ti giri e sorridi, alla sua domanda rispondi che stai bene.

Sai per certo che il corridoio è il secondo a sinistra, non c'è neanche bisogno di pensarci, ma ora non ricordi se l'aula è la seconda o la terza. Forse stai diventando stupida, oltre che cieca. Però nel corridoio la luce è piú forte e riesci a capire che quello che ti viene incontro è Daniele. Mette la mano sotto il tuo braccio, è un gesto cosí spontaneo e repentino che non riesci neanche a protestare, ed entrate in classe cosí. Appena possibile ti scosti dal suo fianco, dalle dita agganciate alla giacca. All'orecchio gli sibili: – Non c'è bisogno che mi tocchi, – e ti siedi al banco.

Arianna Soldini, quando entra, non reclama il posto, si china per darti un bacio sulla guancia, dice *bentornata* e prosegue oltre. Immagini che è a questo che dovrai abituarti, alle persone che ti trattano con cautela, come se fossi fatta di vetro.

Vedi la professoressa di matematica che entra e sei sollevata dal fatto che non commenti la tua presenza, il fatto che sei di nuovo tra di loro. Quando alzi lo sguardo, la croce sopra la cattedra con Gesú magrissimo e mezzo morto non c'è piú, è stata risucchiata dal muro scrostato. Non appare neanche se socchiudi gli occhi, se li strizzi per bene come facevi da piccola, quando eri miope e basta. Nessuno avrebbe il coraggio di toglierla da lí, non è successo neanche quando è arrivato Karam, che è musulmano. Capisci che per te, e solo per te, la croce non esisterà piú, e poco dopo ti accorgi che non esistono piú neanche la maniglia della porta, l'attaccapanni, la scritta inneggiante al duce incisa col temperino sullo stipite della finestra. La cattedra però c'è ancora, e anche la professoressa che è seduta dietro, ed esistono i compagni nelle prime file, se giri la testa vedi i loro capelli e gli zaini attaccati alle sedie. Ma basta spostare lo sguardo di poco che tutto si perde, le facce e i corpi diventano confusi e mischiati, come se qualcuno avesse passato un panno intinto nell'acqua sporca su un quadro ancora fresco. Meglio non guardare troppo in là, te lo dice anche lo stomaco che si strizza, quindi provi a concentrarti sulla voce dell'insegnante che chiede di aprire il libro a pagina 140, sull'astuccio azzurro della tua compagna di banco.

Dopo la lezione la professoressa si avvicina, dice che non si aspettava il tuo ritorno, è molto contenta. Parla con gentilezza, e mentre ti sussurra se per caso a ricreazione potresti fare un salto in sala professori, *ti ci posso portare io se tu da sola non riesci*, cerchi di schivare il suo alito che odora di saliva secca.

Ti dice che le dispiace di non avere ancora il materiale adatto, ma che sta arrivando. L'istituto ha fatto la richiesta al ministero, ci vorrà qualche tempo.

Sei sollevata per il fatto di avere qualcosa da fare durante l'intervallo. Quando suona la campanella alle undici e un quarto ti alzi, percorri il corridoio stando attaccata al muro, un dito che sfiora la superficie bitorzoluta. Imparerai a staccarti dalle pareti, a un certo punto, ma non adesso. Ora hai bisogno di prendere di nuovo dimestichezza con gli spazi, con le parti vuote e quelle riempite. I luoghi che abbiamo frequentato da vedenti sono i piú pericolosi, ti ha detto Emilio. Tendiamo a sentirci invincibili, crediamo di sapere dove sono gli ostacoli, di riuscire a schivarli, ma non è vero. Devi stare attenta a quello che conosci già.

Piega bene il ginocchio, fai lo stesso con l'altro, tieniti al corrimano. Scendere le scale è piú complicato che salirle. Qualcuno ti sbatte contro e si scusa, la finestra alla fine della rampa è un faro, devi solo avvicinarti piano.

La Cursi ti viene a prendere quando ormai sei quasi arrivata, si dispiace molto ma non aveva capito che nessuno ti avrebbe accompagnato fin lí, se solo gliel'avessero detto, chiede se stai bene. È una domanda che ti fanno in molti, non puoi biasimarli. Sarebbe impossibile pensare che tu stia bene davvero, a camminare rasente il muro, con gli occhiali scuri sulla faccia, nessun ragazzo che ti viene a chiamare per passare la ricreazione insieme ai suoi amici.

Le dici di non preoccuparsi. Ti fa sedere su una sedia fredda, *il vicepreside arriva a breve, intanto parliamo un po' noi, ti va?* Vuole sapere cosa hai imparato al centro, sí gliel'ha detto tuo padre che sei andata lí per *acquisire delle abilità*, per *prepararti*. Dice che sarai tu a insegnarle, se per te è ok, che ti chiederà spesso come comportarsi, non intende invadere il tuo spazio. Le vorresti dire che non sai bene cos'hai imparato, che ora ti sembra sia stato inutile, un modo come un altro per credere di potersi opporre allo scorrere del tempo, alla perdita progressiva dei tuoi *fotorecettori* (una parola che hai sentito cosí tante volte che adesso la utilizzi nella tua testa), ma non glielo dici.

Arriverà un computer fantastico, tutto per te, continua la Cursi. Ci sono dei materiali didattici incredibili, le schede tattili su tutte le materie, il Comune ci fornirà anche dei calchi in gesso, cosí in secondo liceo potrai studiare l'astronomia senza complicazioni.

Ti parla come se fosse Natale e quelli fossero doni che stavi aspettando con impazienza. Le dici grazie, sorridi anche. Poi la Cursi fa una cosa che ti imbarazza in modo cosí profondo che i giorni successivi, ripensandoci, ti verranno le orecchie rosse.

Si avvicina e ti stringe, le tintinnano i braccialetti quando ti mette le braccia intorno alle spalle. Le sue tette grosse si schiacciano contro il tuo collo, dice *sei molto coraggiosa, la nostra eroina*, poi quando si stacca scopri con orrore che sta piangendo, tira su con il naso e si scusa, ma non è riuscita a trattenersi. *Dev'essere cosí difficile.*

Vorresti che smettesse di parlare, non sei neanche sicura che siate sole nell'aula, allora dici che non deve preoccuparsi per te, e poi ancora una volta: – Sto bene.

Si soffia il naso e ti posa una mano sulla spalla. Ripete che sei una ragazza coraggiosa, un esempio per tutti.

Quando arriva il vicepreside Roggero sei quasi sollevata. È piú brusco e impacciato della Cursi, chiede *come va Livia* in tono cameratesco, non piange e non ti tocca, però ci tiene a farti sapere che basta chiedere e lui ti aiuterà, *devi solo fare un fischio.* Ti riesce difficile pensare a uno scenario in cui questo possa accadere davvero, che tu scelga di chiedere aiuto proprio a lui, però annuisci e lo ringrazi. Per fortuna non domanda di nuovo se stai bene, ma prima di andarsene aggiunge che la mattina potrai arrivare quando vuoi, *ovviamente.* Non ci sarà bisogno di giustificazione né altro, *vai tranquilla.*

La Cursi dice che bisogna rimettersi un po' in pari con il resto della classe, si rende disponibile per delle lezioni private dopo la scuola, e mentre ti scorta fuori dalla sala professori tenendoti a braccetto e tu preghi che nessuno vi veda cosí, mentre si complimenta per come ti stanno bene gli occhiali da sole, *sei sempre stata una ragazza bellina del resto*, ti accorgi con sgomento ma con assoluta certezza che in quell'esatto istante ti sono venute le mestruazioni.

È la sensazione di un peso che all'improvviso scende giú, come se qualcuno di nascosto ti avesse infilato un sasso nelle mutande. Lo sai che non è un falso allarme. A volte succede che il peso vada giú ma poi quando controlli non c'è nulla. Adesso però pian piano inizi a sentire un torpore sopra il sedere e dove ci sono le ovaie, ti senti appiccicaticcia in mezzo alle gambe, non hai dubbi. Riesci a fermare il passo della Cursi che inesorabile ti accompagna verso la classe, devi andare un attimo in bagno. Chiede se c'è bisogno che aspetti fuori, le rispondi di no, grazie mille.

Lei dice *ma certo*, non vuole in alcun modo risultare invadente. Se ne va.

Non sai bene neanche a quale piano ti trovi, ipotizzi sia il secondo. La ricreazione è appena finita, l'aria sa di fumo e di erba, qualcuno si sta spruzzando del deodorante, scarica lo sciacquone e apre la porta del primo bagno alla tua sinistra. Ti ci infili e agganci la catenella per chiudere la porta.

Tiri giú i jeans e le mutande, attenta che i vestiti non tocchino terra. Il sangue lo vedi, è una chiazza scura che ha sporcato le mutande grigie. Controlli i jeans, tasti il tessuto per capire se si sono sporcati anche quelli, ma è impossibile stabilirlo. Togli la felpa e la allacci in vita, poi strappi della carta igienica e la strusci sugli slip per pulirli un po'. Non hai assorbenti né qui né in classe. A casa appeso al muro in cucina c'è un calendario, ogni mese segni nella casella giusta una *m* piccola, a penna. Cosí sai quando ti verranno. Ma l'ultimo mese ti sei dimenticata. E comunque la *m* non saresti riuscita a vederla piú.

Ti accovacci per fare pipí, il sangue odora di viscere e ferro. Appallottoli altra carta igienica e te la metti in mezzo alle gambe. Quindi non se n'è accorto, il tuo corpo, che tutto è cambiato.

Potresti andare in classe e chiedere un assorbente a una compagna, o magari in infermeria, ma il pensiero di metterti in una situazione del genere ti fa sentire stanca, esausta.

Allacci il bottone dei jeans, scarichi e tiri su i capelli. Puzzi di sudore sotto le ascelle, all'arrivo delle mestruazioni succede anche questa cosa qui.

La ricreazione è finita da almeno dieci minuti, ma ritardi l'uscita dal bagno. Nessuno avrà piú il coraggio di rimproverarti, tanto vale approfittarne un po'. Ti siedi sul bordo della tazza, prendi il telefono. Ci sono tre messaggi da Emilio. Il primo è composto solo da una data e un orario. Inutile specificare il luogo. Il secondo te l'ha mandato un'ora dopo, c'è scritto: Ma lo sai che il nostro amico Tiresia è morto bevendo dell'acqua troppo fredda? Una fine molto stupida, converrai con me. Il terzo è tra parentesi. (Spero che il mal di testa sia passato).

Fai una partita ad Angry Birds con il volume a zero, hai scoperto che con lo schermo illuminato al massimo e attaccato al naso riesci a vedere abbastanza bene. Tra qualche tempo dovrai cambiare telefono, prenderne uno con un sintetizzatore vocale. Lanci un altro uccello rosso con la fionda quando senti dei passi e qualcuno che bussa forte alla tua porta. Per poco non ti cade il telefono di mano, dici *occupato* e rimani immobile, in preda a una paura ingiustificata. Chi ha bussato entra nel bagno accanto. Si slaccia la cintura facendola tintinnare. Senti il fiotto di pipí, infili il telefono in tasca e decidi che è arrivato il momento di tornare in classe.

Quando il chiavistello non si apre, pensi di avere le mani sporche, per questo ti sono scivolate sulla barretta di ferro. Le pulisci con altra carta igienica, riprovi. La barretta si sposta per qualche centimetro, fa *clang* ma poi si blocca. Provi ancora, con piú forza. Quella non si muove. La tocchi per bene, ne sfiori il meccanismo centimetro per centimetro. Magari questo fatto di diventare cieca ti ha dato dei super poteri. Non è cosí che dovrebbe funzionare? Una sensibilità speciale, la capacità di vedere dove gli altri non vedono. I sensi acuiti. Il tatto formidabile, un udito prodigioso.

Ma non succede niente di niente. Il chiavistello è bloccato. Non sai neanche piú aprire una porta.

7.

A forza di tirare il chiavistello mi ero fatta un taglio all'indice. Passai il dito sulle labbra e cercai di respirare in modo profondo e ritmato. Non andare nel panico. Inspira ed espira. Trova il modo di uscire da qui. Il bagno per fortuna non era murato, la porta finiva poco sopra la mia testa.

Per un attimo pensai al telefono che avevo in tasca, al fatto che avrei potuto chiamare la segreteria della scuola, mia madre mi aveva costretto a salvare il numero nei preferiti. Avrebbero allertato il vicepreside, poi Bonanni e le bidelle, «la ragazza cieca è rimasta chiusa in bagno». A un certo punto sarebbe arrivato un fabbro, avrebbe armeggiato con la serratura, una piccola folla gli si sarebbe radunata attorno.

Decisi di provare di nuovo, tirai tanto da non respirare piú, mi misi a scuotere il chiavistello con violenza: – Che cazzo...

– Tutto ok? – La voce proveniva dal bagno vicino. – Sí, tutto ok, – risposi dopo un attimo di esitazione. Avevo dimenticato che c'era qualcun altro, che lí non ero da sola.

– Sei chiusa dentro? – chiese ancora. Non potei fare a meno di dire sí. – Ma adesso esco, – mi affrettai ad aggiungere.

Sentii la porta accanto aprirsi. – Vado a chiamare qualcuno.

– No, – esclamai. – No per favore. Faccio da sola.

– Ma sei Livia? – chiese.

Rimasi in silenzio. Dipende chi è che me lo chiede, pensai. Ma a un tratto lo sapevo. Sapevo chi c'era dall'altra parte. Mi venne voglia di rannicchiarmi per terra, vicino alla tazza che puzzava di piscio, rimanere lí dentro per sempre.

– Sei Livia, vero? – chiese di nuovo Morena.

– Sí, – risposi. – Sí, sono Livia.

– Ciao, – disse.

– Ciao.

– Si è incastrata la serratura?

Risposi che non sapevo bene cos'era successo. Ci avevo provato un po' di volte, ma niente. – Ti prego non andare a chiamare nessuno.

– Non lo farò –. Aprí un rubinetto, fece scorrere l'acqua, poi tirò il rullo della carta.

– Dimmi cosa non riesci a fare, ti aiuto io.

Non so fare niente, nulla di nulla.

Sfiorai il chiavistello con i polpastrelli, come se potessi imparare da quel tocco il nome degli ingranaggi che non riuscivo a sbloccare, e fornendo la corretta nomenclatura a Morena lei potesse in qualche modo suggerirmi come uscire da lí.

– Cosa hai fatto quando l'hai chiusa? – La sua voce era piú vicina ora, immaginai che si fosse accostata alla porta, le mani appoggiate al legno.

– Sono entrata e ho messo la catenella, – sussurrai. – C'era un gancio, ho infilato la catenella lí. Mi pareva di averla tolta, ma mi sa che invece non ci sono riuscita. Tiro e non si apre.

– Ok, – disse Morena. – Sei sicura che la catenella non sia incastrata da qualche parte?

Toccai il metallo freddo, la fila di anellini che ricadevano molli. – Sí sono sicura.

– Va bene. Dobbiamo sbrigarci. Te la senti di scavalcare?

Morena mi disse di mettere un piede sul bordo della tazza del cesso. Poi, quando mi sarei sentita salda, avrei dovuto alzare anche l'altro piede. Seguii la sua voce, provai a fare ciò che mi suggeriva. Allungai la mano per abbassare la tavoletta, ma sfiorai il muro. Qualcuno doveva averla divelta, forse non era mai stata montata. Puntai il piede sul bordo della tazza, provai a trovare l'equilibrio. La puzza di piscio mi frastornava.

– Ci sei? – chiese Morena.

– Piú o meno, sí.

Mi aggrappai al muro in cartongesso, provai a tenermi su.

– Stacca uno dei piedi e puntalo sulla porta, – disse la voce di Morena. – Spingi forte, dovresti ritrovarti a cavalcioni sul muro.

Ascoltai le sue parole, mi guidavano su per il muro e oltre la porta. Pensai che riuscirci sarebbe stato bello, avere la capacità di seguire passo dopo passo i suoi suggerimenti, fare un balzo e raggiungerla, ma non era possibile. Rimanevo lí con le mani attaccate al muro, le braccia molli, gli occhi che saettavano impazziti in cerca di un appoggio che non riuscivano a trovare.

– Ci sei?

Era strano sentire la voce di Morena cosí da vicino. Le era cresciuta insieme al resto del corpo, squillante come quella della madre, ma senza la nota di allerta costante che caratterizzava le parole di Giusy.

Era una voce che sembrava dichiarare: sono qui, sono al mondo, ascolta cos'ho da dirti.

– Non ci riesco, – mormorai.

– Che hai detto?

– Non riesco a scavalcare.

– Aspetta. Arrivo io –. La sentii uscire dal bagno, poi tornare trascinando qualcosa di pesante che appoggiò alla porta. Disse: – Spostati da sotto –. Mi appiattii contro il muro.

Prima di scavalcare fece uno sbuffo, poi atterrò con le gambe tutte rigide. Le chiesi se si era fatta male.

– Un po', – rispose. – Quella sportiva sei te –. Per la prima volta dopo cinque anni eravamo di nuovo insieme, da sole, e stava succedendo in un bagno lurido del Lucrezio Caro. – Adesso siamo chiuse qui dentro tutte e due.

Erano passati almeno quindici minuti, di sicuro qualcuno sarebbe arrivato a momenti, preoccupato per la ragazza cieca in difficoltà.

– Ma no, ora usciamo. Tienimi questa.

Si tolse la giacca, la presi e me la misi sotto il braccio.

Armeggiò per qualche secondo con il chiavistello, ci fu un rumore sordo. – Ecco qua.

Il peso che avevo nello stomaco scivolò via mentre la seguivo fuori dal bagno. Colpii con il ginocchio lo sgabello su cui si era arrampicata. Si affrettò a spostarlo, scusandosi piú volte per non averci pensato subito.

– Non fa niente, anzi grazie –. Poi rimanemmo in piedi vicino al lavandino. Intuivo la sua bocca e i suoi occhi. Non ricordavo piú di che colore fossero, come spesso succede con le persone anche se le abbiamo viste tante volte. Color nocciola forse? Mi accorsi che la stavo fissando con insistenza, dovevo sembrarle confusa. Distolsi velocemente lo sguardo.

– Questi bagni fanno schifo, – disse Morena interrompendo il silenzio. – Era tutto arrugginito, per forza non riuscivi ad aprire. Ne parlerò con il preside.

– Ma no, – risposi. – Sono io che non ce la faccio –. Alzai le mani all'altezza del suo viso, per mostrargliele, come se fossero quelle il problema. Mi sentii stupida e le infilai in tasca. Cercai con il sedere il lavandino per poggiarmici, due passi e mezzo se non mi sbagliavo, e non sbagliai.

– Ti stanno bene gli occhiali, comunque, – disse.

– Grazie –. Toccai la stanghetta della montatura vistosa, un riflesso condizionato.

– Pure quelli da vista ti stavano bene, – aggiunse.

– Non è vero.

– Ma sí invece.

Scossi la testa. – Almeno adesso che sono cieca non devo metterli piú.

Una ragazza entrò in bagno, lei e Morena si conoscevano e iniziarono a parlare. Capii perché Morena era lí, a quell'ora. Un professore l'aveva cacciata dall'aula ordinandole di andare dal preside. – È fortunato se non lo denuncio, con le porcate che dice a lezione.

– Io torno in classe, – dissi.

Morena interruppe le sue lamentele. – Ok.

Camminai fuori da lí e poi per le scale, provando a procedere lenta e dritta come mi aveva insegnato Emilio. Non trascinare i piedi, piega il ginocchio per bene, un passo dopo l'altro.

Salii fino al quarto piano, poi mi sentii chiamare.

Morena aveva il fiatone, disse: – Scusami –. Si era rimessa la giacca, frusciava a ogni movimento. – Scusami, – ripeté. – Prima non sapevo cosa dire. Non sapevo che… – si fermò un attimo, come a pescare quale, tra le tante cose che non poteva sapere piú di me, l'avesse colpita. – Non sapevo che eri di nuovo cosí.

– Di nuovo cosí?

Non c'è nessun di nuovo, pensai. Ero sana, quando mi conosceva lei.

– Sí, – disse. – Di nuovo come prima.

Stava per aggiungere qualcosa, me ne accorsi dal rumore che aveva fatto la sua bocca aprendosi, l'accenno di parola che le era uscito dalla gola. Sembrò averci ripensato, poi disse: – Già, io ti ricordo proprio cosí.

Non provai a capire cosa intendesse, non volevo saperlo. Avevo paura della sua schiettezza, del modo in cui le parole le uscivano dalla bocca, senza filtri.

Dovevo per forza tornare in classe, adesso. – Allora ciao.

Per salutarmi mi sfiorò la mano con le dita, senza pensarci io la ritrassi, e un po' mi dispiacque. Sperai che non se ne fosse accorta.

Si allontanò nel corridoio strusciando le scarpe da ginnastica.

Contai dieci passi, quindici, poi mi decisi. – Morena, – chiamai. Lo ripetei: – Morena.

– Sí, – rispose, poi la sentii tornare vicino a me. Era

vivida e chiara, forse perché il sole si era spostato e la illuminava nel modo giusto. Si stava legando i capelli alti in testa. – Vuoi che ti accompagni fino alla porta? Pensavo che ti avrebbe dato fastidio.

Scossi la testa. Indicai la felpa che avevo stretto in vita. – Per caso hai un assorbente?

– Un assorbente, – ripeté, come se non avesse capito bene cosa intendessi. Poi si riscosse. – Ma certo. Aspetta un attimo qui, vado a prenderlo.

Dopo poco tornò con un Tampax, chiese se volevo che mi accompagnasse in bagno, dissi di sí. Strappai l'involucro verde. Me l'aveva detto l'istruttrice al centro, quella che mi insegnava a truccarmi, che l'assorbente interno si può usare anche se sei vergine. Ma non volevo provare in quel momento, e neanche dire a Morena di andarmene a prendere uno normale, con le ali, facendole capire in quel modo che non avevo mai fatto sesso.

Abbassai le mutande, tolsi la carta appallottolata e ne misi altra. Buttai l'assorbente e la carta nella tazza, tirai lo sciacquone.

– Eccomi, – dissi. – Scusami se ti ho fatto perdere tempo eh.

– Ma figurati, – rispose lei. – Tanto devo far credere a quello stronzo che sono da Bonanni.

Chiesi cos'era successo, come se mi interessasse davvero. Cominciò a raccontarmi del suo professore, non capiva niente. Poi passò a lamentarsi del sistema scolastico in generale. Il problema non era tanto della Gelmini, diceva, ma nostro. Eravamo noi ad averli messi lí a lavorare, i ministri. E infatti anche l'occupazione era stata un fallimento, o no?

Le dissi che purtroppo non ne capivo niente di politica.

– Non ci credo, – disse. – Tutto è politica. Anche il chiavistello arrugginito è politica.

– Mi dispiace proprio, – replicai, – è roba che mi annoia –. Poi continuai. – Però qualcosa la so, grazie a Lorenzo.

– Lorenzo chi? – chiese lei.

– Lorenzo Parisi, il rappresentante d'istituto.

– Ah quello, – commentò Morena. – Non me lo nominare neanche.

Rimasi interdetta.

– È vero che sta con Giulia?

– Ma no, perché?

Volevo sapere come si erano mollati, quanto tempo erano stati insieme, il motivo del litigio finale.

Aprí la finestra e sedette a cavalcioni sul davanzale. Arrivò un'aria fredda e fastidiosa, non potevo neanche togliermi la felpa dalla vita per coprirmi.

– Hai letto il suo blog?

– Qualche volta, – risposi.

– I suoi articoli sono copiati, non te ne sei accorta? Fa una specie di collage tra tutto quello che legge sui giornali. Immagino gliel'abbia insegnato il padre, visto che anche lui scrive di merda.

Morena parlava di nuovo velocemente, di nuovo a voce troppo alta. Non c'era bisogno di fare cosí, avrei voluto dirle. Potresti anche startene calma.

Mi disse che Lorenzo aveva provato a coinvolgerla nel suo collettivo. Sembrava una cosa seria, all'inizio, riunioni nel parchetto accanto alla scuola, erano in dieci, a volte anche di piú, ma poi non ci aveva messo tanto a capirlo.

– A capire che cosa? – chiesi.

Che a Lorenzo non importava niente della politica. Gli fregava solo di quel poco di potere che avrebbe ottenuto, delle ragazzine adoranti, degli amici suoi che pensavano fosse una specie di dio.

– E poi è un viscido, – continuò. – Ci prova con tutte, sempre con quelle battute a doppio senso, mi fa venire i brividi. Ma scusami, mi hai detto che siete amici. Magari queste cose non le vuoi sapere. O forse le sai già.

Tirai su le spalle. No, non le sapevo, volevo dirle. Non le sapevo e non erano neanche vere.

– Con me è sempre stato simpatico, – risposi alla fine.

Morena dondolava la gamba avanti e indietro, le scarpe mi parevano degli stivali da militare alti fino al polpaccio, di sicuro le strizzavano la carne.

Le dissi che dovevo andare via, si era fatto veramente tardi. Il dolore ai reni si stava facendo piú profondo, ero stanca.

Lei scivolò giú dal davanzale e richiuse la finestra.

– Ti accompagno.

Stavo per risponderle che no, grazie, facevo da sola, avrei camminato su per le scale e poi per il corridoio giusto, toccando il muro con la mano, sarei arrivata davanti alla mia aula, seconda porta sulla sinistra.

Morena però fu piú veloce. Mi prese la mano e se la infilò sotto il braccio. D'istinto, affondai le dita e non dissi piú nulla, iniziai a camminare con lei.

8.

Quando Emilio mi chiese di scegliere una strada, qualsiasi strada a Roma che fosse percorribile a piedi e che conoscessi per bene, senza esitare risposi: via del Corso.

Mi accompagnò mio padre fino a piazzale Flaminio, un sabato pomeriggio subito dopo pranzo, aspettammo dentro la macchina con il riscaldamento acceso.

– Eccolo lí che arriva, – disse dopo un po'. – Ferma, ti apro io –. Aveva paura che le macchine potessero investirmi, *in questa città sono tutti pazzi, corrono come imbecilli.*

Eravamo accanto al baracchino dei libri usati, il sole mi riscaldava la parte di faccia che non era protetta dagli occhiali.

Emilio si scusò con mio padre per il ritardo, anche se eravamo noi a essere in anticipo. Mi posò una mano sul braccio, chiedendomi se ero pronta. Nell'altra mano teneva con disinvoltura un bastone fine di cui riuscivo a distinguere la lunghezza, il cordino nero all'estremità, la superficie bianca che intrappolava tutta la luce.

Al telefono, quando gli avevo chiesto cosa dovevamo fare in strada, Emilio era stato vago. «Si tratta dell'ultima parte del nostro percorso, – mi aveva rivelato. – Ma non preoccuparti, non ti faccio fare niente di pericoloso».

«Basta che non sia roba intellettuale», avevo risposto io.

Non era passato molto tempo da quando aveva provato a propormi di leggere qualcosa insieme. Un'associazione culturale si era messa a trascrivere in braille dei libri che secondo Emilio erano essenziali. Gli avevo risposto che non mi andava, che i libri non mi interessavano piú come prima.

Poi però di nascosto ne avevo presi un paio e me li ero portati a casa. Se mi capitava di sbagliare o, piú di frequente, se una frase mi piaceva molto, allora tornavo indietro e toccavo di nuovo i puntini in rilievo. Le consonanti passavano dai polpastrelli alla mia testa, le parole e le frasi mi rotolavano nelle orecchie, si distendevano una dopo l'altra, creando un ritmo che non si fermava neanche quando mi fermavo io. In camera, con la porta chiusa a chiave, sfogliavo le pagine fuori misura di quei libri senza copertina, e durante la giornata mi sembrava di sentirne l'eco, di avere ancora in testa le parole e le frasi.

Mio padre mi diede un bacio sulla testa, salutò Emilio, disse che sarebbe tornato dopo. Temetti che avrebbe aspettato in macchina, che sarebbe stato seduto lí a guardarmi tutto il tempo, invece sentii il motore della Citroën azionarsi e partire, lasciarci soli nello spiazzo accanto al capolinea del 2.

Emilio mi chiese se non ero curiosa di sapere cosa avremmo fatto, risposi con un'alzata di spalle. Di qualsiasi cosa si trattasse, andava bene. Proprio quel pomeriggio Arianna Soldini avrebbe festeggiato il suo compleanno in una discoteca pomeridiana che si chiamava Gilda, l'invito era esteso a tutta la classe e a qualcuno del suo gruppo scout.

Ci sarebbe stata la schiuma, aveva raccontato a ricreazione con la voce eccitata, e poi a un certo punto una cosa che si chiamava tresca party. Bisognava baciare chiunque capitasse a tiro, e non un bacio a stampo normale, ma con la lingua.

Il pensiero in quel momento mi terrorizzava, ma in fondo era esattamente questo che avrei fatto poi, nella mia vita adulta: baciare senza prima conoscere, baciare labbra che non potevo vedere prima di sfiorarle con le mie.

«Se vieni anche tu, Livia, mi fa molto piacere», aveva detto girandosi verso di me. Aveva mosso la testa, e gli orecchini a cerchio che indossava si erano incendiati catturando un lampo di luce primaverile.

«Penso di sí», avevo risposto, sperando di essere riuscita a guardarla bene negli occhi, a indovinare dove fossero. Mi ero scusata, qualche giorno dopo. Purtroppo quel sabato lí proprio non potevo. «Che peccato», aveva risposto lei senza riuscire a camuffare il sollievo.

– Mettiti questa, – disse Emilio, e mi passò un pezzo di stoffa.

– Che ci devo fare?

– Bendati, e non barare. Tanto se sbirci me ne accorgo ed è tutto inutile.

Strinsi la stoffa sugli occhi, era spessa e impenetrabile alla luce. La legai sulla nuca con un doppio nodo, poi Emilio disse che avremmo camminato. – Da qui fino, diciamo, a piazza Venezia.

Eccola, l'ultima prova: tenermi attaccata a lui, immersa nel buio totale, farmi condurre da un ipovedente che camminava con il bastone.

Eravamo abituati a passeggiare insieme, io ed Emilio, ma succedeva a distanza, nel cortile del centro. Ora invece dovevo toccarlo per forza, passargli la mano sotto il braccio come mio nonno faceva con mia madre. La giacca leggera che indossava al tatto pareva ricoperta da uno strato spesso di cera. Non avevo mai notato che eravamo quasi alti uguali.

– Ora, Livia, devi prestare attenzione a tutto, – disse. – A quello che sta sotto i tuoi piedi, a quello che sta un po' piú in là. Io ho il bastone, ma sarai tu a indicarmi dove andare.

Sistemai la benda, mi tirai su i capelli. Cercai di isolare i rumori attorno, raggrupparli nella mia testa, capire da quale punto provenivano e cosa li provocava.

In un buio cosí profondo non ero stata mai, e infatti è un buio che non esiste, neanche per i ciechi. Erano stati loro a dirmelo, che anche quando non ci si vede proprio piú, c'è sempre un lampo di luce che riesce a penetrare le palpebre, perché la retina ricorda ancora.

– Dove dobbiamo attraversare? – mi incalzò Emilio.

L'autobus che sfiatava e cigolava, due turiste spagnole ridevano alle nostre spalle, si avvicinavano e ci sorpassavano, sempre ridendo, il tramestio del mercatino di vestiti, qualcuno diceva *è tutto a un euro*, e poco oltre eccolo, il ticchettio ritmico del semaforo, il segnale che era diventato verde.
– Alla nostra destra, – e strinsi le dita attorno al suo braccio.

Cominciammo a muoverci in quella direzione, un passo dopo l'altro, e mi ricordai di respirare solo quando misi il piede sul marciapiede dall'altra parte della strada.

– Da qui è tutta dritta, continua a stare concentrata.

Rilassai le spalle, tirai giú i capelli perché il vento mi entrava nel cappotto.

– Quindi via del Corso è la strada che conosci meglio? – chiese dopo qualche metro.

Ogni tanto correggeva la mia andatura dandomi un colpetto lieve con l'anca, e allora ricordavo anche di tirare i piedi su per evitare di inciampare sui sampietrini, ma non tanto in alto da sembrare innaturale. Dovevo pensare come una persona che non ci vedeva per muovermi come una che ci vedeva.

Risposi che sí, la conoscevo bene. Mentivo. In realtà nessuna strada di Roma mi era davvero familiare, esclusi i sentieri di villette a schiera che attraversavano la Giustiniana e alcuni viali del Villaggio Olimpico. Mi piaceva però far credere a Emilio che fossi pratica del centro.

– Ora dove andiamo? – chiese. Ci stavamo avvicinando alla fontana in mezzo a piazza del Popolo, sentivo l'acqua che scrosciava dalle bocche dei leoni, il vociare dei venditori di occhiali da sole e borse false. – Di qua, – risposi con sicurezza, e ci spostammo a destra. Il bastone di Emilio ticchettava a terra, batteva ritmico sui sampietrini. Se avessi commesso un errore, Emilio lo avrebbe saputo per primo, avrebbe cambiato direzione in tempo.

Non saremmo andati a sbattere contro il brulichio della folla, avremmo evitato con grazia i turisti tedeschi, giapponesi, americani, le donne con i tacchi e la faccia seria, gli uomini abbronzati carichi di buste di Hermès e Prada. La professoressa di storia ci aveva raccontato che questi qua, i turisti di via del Corso e di piazza di Spagna, spesso non andavano neanche a vedere i Fori Imperiali, il Colosseo. «Esistono persone che prendono l'aereo solo per fare shopping, pensate», aveva detto con disprezzo.

Proprio davanti a noi, spiegò a un tratto Emilio, c'erano le due chiese gemelle, Santa Maria in Montesanto e Santa Maria dei Miracoli. Le ricordavo bianche e grigie, con le colonne intorno e le scalinate, ogni tanto ci si sedevano dei ragazzi vestiti da punk.

Emilio iniziò a raccontare del perché la prima venisse chiamata anche «Chiesa degli artisti».

Ci staranno guardando tutti, pensai. Siamo due ragazzi a braccetto, uno con il bastone bianco, l'altra bendata, che camminano piano nella via piú affollata di Roma.

– Adesso attenta ai piloni. Livia, dove sono i piloni? – Emilio mi strattonò il braccio, dovevo continuare a pensare.

Dissi che erano tra le due chiese, restringevano la strada e costringevano a salire sui marciapiedi, o a passare in mezzo.

– E noi cosa facciamo?

– Passiamo in mezzo, – risposi. Tirai fuori dalla tasca la mano sinistra, infilai anche quella sotto il gomito di Emilio. Sembrò non farci caso, ma il suo fianco si fece piú aderente al mio, me ne accorsi dal calore che sentivo, improvviso, non solo nel punto in cui ci toccavamo.

– Isabella come sta? – gli chiesi all'improvviso.

– Sta bene, è a Treviso, – rispose.

– E tu non la vai mai a trovare?

– Preferisco che venga lei qui –. Stavo per domandargli perché, ma calciai la gamba di qualcuno davanti a me. – Scusi, – dissi, e la voce di un signore rispose: – Ma ci mancherebbe.

Emilio ridacchiò. – Ecco uno dei vantaggi di non vederci niente.

C'ero anche io adesso nel gruppo di chi non vedeva niente.

Continuavamo a starcene in mezzo a via del Corso, il bastone che andava a destra e a sinistra, e ascoltavo Emilio raccontare di quando una volta, sull'autobus, il controllore proprio non ci poteva credere che fosse cieco. Alla fine aveva dovuto mostrargli il tesserino della società italiana degli ipovedenti, e allora quello si era scusato mille volte, mortificato.

Disse di fermarci un attimo: – Potresti tenermi un secondo il bastone?

Il fruscio del tabacco, l'accendino che non andava al primo colpo, poi lo sbuffo e il fumo, di nuovo le braccia attaccate. Emilio chiese se stessi bene, risposi di sí.

Il peso della gente che guardava, di tutti quegli occhi sconosciuti che non potevo controllare, era scivolato via piano. Che fissino pure, che mi indichino. Tanto sono con lui, pensai. Mi va bene, se sono qui con lui.

– Ora prova a renderti conto di come cambiano i suoni, – mi disse. – Ci allontaniamo dalla piazza e le voci rimbalzano sui palazzi in modo diverso. È cosí che ci si accorge di stare in una strada piú stretta. Giriamo di qua –. Svoltammo a destra, riuscii a seguirlo senza inciampare. Mi sembrava facile, adesso, perché avevamo quattro gambe, quattro braccia e niente occhi. Eravamo diventati uno di quei mostri della mitologia greca che gli piacevano tanto.

– Ma non dovevamo andare sempre dritti?

– Non succede niente se deviamo. Ci arriviamo comunque a piazza Venezia.

All'ombra dei palazzi faceva piú fresco, sentivo distinto il muoversi delle foglie sugli alberi, e il rumore dei miei passi e dei suoi.

Emilio si fermò ancora, si sciolse dal mio braccio e riaccese la sigaretta.

Un odore acido che poteva essere vomito, e quello intenso di cibo che arrivava dal retro di un ristorante. L'acciottolio delle stoviglie sbattute e lavate, parole dette in una lingua che non conoscevo.

– Lo sai che si chiama drum solo qui? – disse. – La sigaretta girata cosí, con il tabacco, solo a Roma diciamo drum. Cazzo –. Fece scattare l'accendino tre volte, lo scosse facendo tintinnare il meccanismo. – Vado a chiederne uno, rimani qua.

Mi passò il bastone e si allontanò. Volevo sedermi da qualche parte, avevo le gambe stanche come se avessi camminato per molti chilometri.

Potevamo andare a prenderci un gelato. Fermarci in uno di quei bar sulla strada, magari bere anche un caffè, confonderci tra i turisti. Oppure tornare indietro e salire fino al Pincio, sederci sull'erba davanti al teatro. Gliel'avrei chiesto e lui avrebbe detto di sí, ne ero quasi certa.

Spostai un piede in avanti, volevo capire se ero vicina al muro, ma cosí rischiavo di perdere l'equilibrio o intralciare qualcuno. Per capire lo spazio intorno a me sarei stata costretta a usare il bastone che era rimasto sotto il mio braccio, lí dove l'aveva lasciato Emilio.

Non volevo.

C'erano dei corsi per imparare a utilizzarlo, alla fine rilasciavano una sorta di patentino, ma io avevo sempre rimandato. Non avevo tempo, con la scuola e il resto.

Era meglio rimanere in piedi quindi, mi sarei seduta quando tornava Emilio.

Adesso un motorino mi sfrecciava accanto, dal rumore sembrava un cinquantino modificato. Mio padre aveva sempre avuto il terrore per tutto ciò che andava su due ruote, e quando qualche ragazzo che conoscevamo cadeva, si faceva male o peggio, lui sospirava e diceva che la scelta di non comprarmi il motorino era stata la piú felice della sua vita, come se poi si fosse trattato di una scelta.

A stare fermi cosí veniva quasi freddo, nascosi le dita

nelle maniche. Se a Emilio non andava il gelato potevamo deciderci per una cioccolata, anche se era fine marzo.

Emilio però non tornava. Mi schiarii la gola, per darmi coraggio e chiamarlo. Dissi *Emilio*, ma mi sentii ridicola, immaginavo le lettere uscire dalla bocca e vagare davanti a me, non posarsi su nessuno. Si trattava solo di aspettare un altro po'.

Potevo isolare i rumori, come avevo fatto prima. Da una parte i tacchi sul marciapiede, l'ansimare del cane e il padrone che gli diceva *vieni qui*, un uomo che discuteva al telefono, *no tu adesso mi ascolti*, dall'altra tutto ciò che poteva in qualche modo somigliare al rumore dei passi di Emilio, alla sua voce che si scusava ancor prima di arrivare, non era stato facile trovare un accendino ma alla fine ce l'aveva fatta, qua sembra quasi che non fumi piú nessuno, pazzesco.

Però isolare non stava funzionando, e forse era per la benda. Stare cosí al buio mi faceva sentire meno percettiva, come se avessi anche le orecchie tappate, allora sciolsi i nodi, appallottolai la benda in mano. Emilio non si sarebbe arrabbiato, dopo l'avrei rimessa.

Togliti regazzí. La voce di un uomo alle mie spalle, il clacson e il rombo pesante di un motore, mi girai.

Il camioncino era bianco, per questo riuscivo a vederlo, una massa fluttuante che ronzava e mandava calore e mi intimava: vattene, sei in mezzo.

Alla mia destra un muro forse marrone, impossibile stabilire quanto fosse vicino, se proseguisse su per svariati metri fino al cielo o bucasse il marciapiede per addentrarsi sottoterra, a sinistra altri palazzi, poteva esserci l'insegna luminosa di un negozio, le decorazioni natalizie che non erano ancora state tolte, e tutto era sgranato, diluito, un libro dimenticato sotto il temporale, le immagini proiettate sulla roccia della caverna.

Sentii un altro strillo, *togliti cazzo, sei sorda?* Dallo stomaco volevano uscirmi le parole «non posso togliermi, non so fare piú niente», poi la portiera si aprí e si chiuse, una mano sconosciuta sulla spalla, la voce ruvida e preoccupata dell'uomo di prima, il suo volto confuso composto solo dalla bocca e due macchie scure al posto degli occhi, diceva che gli dispiaceva, il bastone l'aveva visto solo dopo, sono mortificato, ti aiuto io, aspetta, vieni con me. Mi ritrassi: – Il bastone non è mica il mio, si sbaglia, – e lui che mi chiedeva interdetto se ero sicura, *guarda che non ci metto niente a portarti un po' piú in là*, io che capivo dove stava puntando il suo braccio e ribadivo: – Il bastone non è il mio, – e mi spostavo dove aveva indicato, passo dopo passo riuscendo per miracolo a non inciampare. Sentivo l'uomo dire *roba da matti*, poi il motore che ripartiva. Tirai fuori gli occhiali da sole, le mani e i denti che tremavano, serrai la mandibola per tenerli stretti.

Trova un punto, Livia, devi trovare un punto di riferimento e poi tutto migliorerà.

Perché Emilio mi aveva lasciata sola?

Se n'era andato via risucchiato dal nulla che c'era intorno, e la strada non mi sembrava piú una strada, non ero neanche piú a Roma o nel mondo. Poggiai una mano sul petto che non riusciva a stare fermo, andava su e giú e spingeva fuori dalla gola dei singhiozzi che provavo a ingoiare.

Due passi avanti, quello lí potrebbe essere un palo della luce, vedo un alone dorato che lo sovrasta, mi sposto e continuo a proseguire due passi alla volta, raddrizzo quando serve. Cammina da cieca cammina da cieca cammina da cieca.

Forse avrei dovuto chiamare mio padre, ma certo, ecco la soluzione, sapevo come spingere i tasti del cellulare, partí uno squillo e riattaccai in fretta. Non avrei saputo cosa dire, se avesse risposto.

Mi accorsi di quello che era successo, di quello che doveva accadere dal principio, e cioè che il mondo adesso era questo. Che quella strada, quel vicolo in cui non ero mai stata prima, per me esisteva e sarebbe sempre esistito in quella forma, e in nessun'altra.

Ancora due passi e fu impossibile bloccare i singhiozzi. Sperai che gli occhiali mi coprissero, quanto sei stupida a piangere davanti a tutti. Cercai di calmarmi, di ritrovare l'equilibrio, di non sentirmi persa e disperata, di smetterla di vagare su quel marciapiede, che figura ci faccio, sei ridicola, un passo ancora e poi mi fermo per sempre, lo giuro.

Ma non ci fu davvero un ultimo passo, perché il successivo cadde dentro quella che sembrava una buca e invece era un gradino, ci fu silenzio e poi delle grida non mie quando crollai addosso a qualcosa di duro e appuntito che fece un rumore tremendo di metallo, mi ritrovai a terra con la faccia in fiamme. – Oddio non volevo, – dissi alla signora dal profumo pesante accorsa a capire cos'era accaduto. Gli occhiali erano volati via da qualche parte, avevo il fiato mozzato e mi ero morsa la lingua, sentivo il sangue dentro la bocca.

– Mi dispiace molto –. Se non avessi avuto il bastone in mano a intralciarmi, non sarebbe mai successo. Venni presa e spostata dalla signora su quello che sembrava un divano, mi chiese come mi chiamavo, se volevo un bicchiere d'acqua, continuava a chiamarmi *piccoletta*, e rispondeva *non lo so, è piombata qua dal nulla* alle altre signore che chiedevano cosa fosse capitato.

Cominciò a suonarmi il telefono, mi alzai in fretta, di nuovo in strada prima che potessero dire qualcosa, e ad aspettarmi fuori c'era Emilio.

– Non ti trovavo piú, – disse. – Ti avevo detto di non muoverti.

– Non mi hai detto proprio niente invece.

– Perché parli cosí, hai qualcosa alla bocca?

Ingoiai saliva e sangue. – Riprenditi questo, – dissi. Gli porsi il bastone, provando a tenere ferma la mano che tremava.

9.

La Cursi ci disse che perdersi a Torino sarebbe stato praticamente impossibile, perché è una città geometrica, con le strade che si intersecano creando quella che somiglia a una scacchiera, se vista dall'alto. Ma in caso dovesse succedere, aveva aggiunto prima di scendere dal pullman: – Prendete come punto di riferimento la Mole. Il nostro hotel è proprio lí sotto.

Aspettò che rimanessi da sola, ci mettevo piú tempo degli altri per raccogliere le mie cose.

Si avvicinò e si schiarí la voce, grattò con l'unghia il tessuto del sedile. – Allora siamo arrivati, – disse. – Se vuoi aiuto lo sai, basta chiedere.

C'erano stati dei ritardi con la burocrazia, e l'insegnante di sostegno nominato dal Ministero non era arrivato in tempo per la partenza. «Ci dicono ancora due mesi signora, mi dispiace», aveva comunicato il vicepreside a mia madre, che in risposta aveva iniziato ad alzare la voce lí nel suo ufficio, a dire che sua figlia aveva il diritto di andare in gita, come tutti. Alla fine, appena in tempo, avevano trovato una soluzione: la Cursi si era offerta di venire con noi, aggiungendosi agli altri due insegnanti.

Aveva garantito a mia madre che si sarebbe presa cura di me, che l'avrebbe chiamata al mio posto tutti i giorni, se io mi fossi dimenticata, che sarei tornata a casa intera.

Solo tempo dopo avrei saputo che per molte notti i miei genitori erano rimasti svegli a letto, a parlare a bassa voce di ciò che mi sarebbe potuto succedere: lasciata per sbaglio sulla banchina del treno, rapita da un uomo che avrebbe aspettato il momento perfetto per portarmi via, persa tra i vicoli della città come era successo con Emilio a via del Corso. Quella volta si erano spaventati da morire, mio padre aveva minacciato addirittura di non portarmi mai piú al centro. Ero tornata a casa con una ferita sulla lingua, le ginocchia sbucciate, però avevo detto che Emilio non c'entrava. Era stata colpa mia, non avevo aspettato sul marciapiede come mi aveva detto. In realtà sospettavo che l'avesse fatto apposta, che mi avesse lasciato da sola di proposito, ma non avevo avuto il coraggio di dirlo ad alta voce.

– Certo se andavamo a Parigi era piú figo, – si lamentò Diletta, e aprí la zip della borsa facendo tintinnare i braccialetti.

– Tu ringrazia che siamo qui, – rispose Daniele. Nel tentativo di starmi vicino trascinava il passo, provava ad andare piú lento.

Pareva fosse stato suo padre a intercedere con il preside, che dopo l'occupazione aveva vietato qualsiasi tipo di gita. Torino era il compromesso.

L'aria mi sembrava pizzicasse, anche se era maggio e faceva quasi caldo. Per terra, mentre camminavamo verso l'albergo, il terreno cambiava sotto il bastone e sotto i miei piedi. Ruvido del cemento per un lungo tratto, poi quelle che sembravano lastre larghe di pietra, e una specie di sampietrini piú lisci, che non sbucavano fuori rischiando di farmi inciampare come quelli di Roma. Passammo sotto il porticato di una piazza accanto al fiume, e il frastuono delle rotelle delle valigie divenne insopportabile, un rimbombo sordo che sembrò riempire tutta la città e mi impedí di sentire quello che si dicevano Daniele e Diletta.

In quei mesi mi pareva che i suoni prevalessero sui miei pensieri, che il mondo fosse fatto solo di tonfi, stridii, porte cigolanti, rombi di motore. Era la mia vista che peggiorava ancora e poi ancora, i fotorecettori che soccombevano alla malattia, il cervello che cercava di intrappolare la luce, finché poteva.

In camera mi avevano messo con Diletta, che appena arrivate accese la tv e si gettò sul letto con un sospiro. La Cursi doveva averla costretta a dormire con me, magari in cambio di un voto piú alto in latino. Ero anche sicura che l'avesse pregata di starmi sempre appresso, quando eravamo da sole io e lei, di non lasciarsi scappare neanche una mia smorfia di sofferenza, un movimento strano, la prova che stavo male e dovevano riportarmi indietro.

– Quello lo lasci lí? – chiese mentre andavo in bagno. Sgranocchiava le patatine che aveva preso dal frigobar, anche se l'avevo avvisata che la Cursi non sarebbe stata d'accordo.

Non le risposi neanche e richiusi la porta dietro di me, aprii l'acqua del rubinetto. Mi avevano insegnato che il bastone non dovevo mai lasciarlo in giro, ma mi faceva ancora impressione tenerlo sempre con me e a volte lo abbandonavo per qualche minuto a terra o sullo stipite di una porta, quasi sperassi che potessero rubarmelo. Me ne avevano dato uno leggero, in alluminio, e si era parlato anche di prendere un cane, in futuro. «Un bel golden retriever, ti piacerebbe?» Poi Emilio aveva aggiunto, anticipando la mia domanda: «Del bastone non potrai comunque mai liberarti, lo sai».

Uscii dal bagno e lo raccolsi da terra, dove l'avevo lasciato. Era successo qualche volta che i miei compagni mi chiedessero di provarlo, ma al corso avevo imparato che nessuno oltre a me doveva toccarlo, se non era assolutamente necessario. «È come se fossero i tuoi piedi, non è un giocattolo, Livia».

Come primo giorno di gita era prevista una visita al Museo del Cinema, proprio accanto all'albergo. Percorremmo un corridoio di linoleum che girava intorno al museo, io davanti agli altri e vicino a me la Cursi, che mi diceva di andare al passo che volevo, di non affrettarmi. La classe ci avrebbe seguito, paziente. Li sentivo scalpitare dietro di noi, ero certa che qualcuno si stesse lamentando, che sussurrasse al compagno cattiverie su di me, osservazioni su quello a cui costringevo tutti.

Ma poi se tendevo l'orecchio per bene non sentivo nulla, solo i nostri passi attutiti.

Alla fine era stata Diletta a chiederlo, una settimana prima della partenza. Quando ci avevano comunicato con chi avremmo diviso la stanza, aveva chiuso il dizionario di greco con uno scatto, e quando eravamo rimaste sole in classe mi aveva posto la domanda che le premeva sulla lingua e che gli altri non avevano il coraggio di fare: «Ma quindi quanto ci vedi tu, adesso?»

C'era riuscita, immagino, per il fatto che non avevamo molta confidenza, anche se eravamo vicine di banco ormai da mesi, e forse anche perché doveva aver sentito il peso improvviso di dividere la stanza con una che era quasi cieca. Non mi era difficile immaginare di cosa avesse paura. Avrebbe dovuto aiutarmi a usare il mascara? A scegliere i vestiti la mattina? A lavarmi, addirittura?

Avevo cercato di tranquillizzarla rispondendole che ci vedevo ancora un po', ma che in ogni caso non c'era da preoccuparsi. Sapevo fare tutto da sola.

Ero stata sul punto di raccontarle di Emilio, anche, ma mi ero fermata: non avevo mai parlato a nessuno di lui, né del centro.

La guida, una donna dalla voce esausta, cominciò a parlare senza entusiasmo dei fratelli Lumière, del teatro d'ombre che era nato in Cina, delle lanterne magiche e la fantasmagoria. Trascinava le parole, come chi avesse ripetuto quelle nozioni per altre decine di migliaia di volte. Invitò i miei compagni ad avvicinarsi a turno a un proiettore, a guardare dentro il buco. Daniele mi disse all'orecchio cosa si vedeva (*solo delle stupide ballerine di secoli fa*), ma gli risposi che non mi importava. Avevo detto alla Cursi che sarei andata in gita a una condizione: che non modificassero l'itinerario per me, che facessero esattamente tutto quello che sarebbe stato normale fare, se non ci fossi stata io.

Rimasi in disparte mentre ascoltavo il sovrapporsi scomposto del vocio che proveniva dal piano di sotto e dei dialoghi di un film che mi sembrava francese. Fu sempre Daniele a dirmi che c'erano degli schermi giganteschi, nella sala in basso, e che per guardare i film ci si poteva mettere su dei lettini in velluto rosso.

La Cursi disse che potevamo farlo, sdraiarci sui lettini e guardare il film per qualche minuto, appena si fosse liberato un posto. Fecero stendere me, per prima, la Cursi mi passò le cuffie che stavano attaccate allo schienale. All'improvviso nelle orecchie la voce roca di una donna che sembrava stesse per piangere, parlava in romanaccio, diceva di amare due uomini e di non saper scegliere quale tenere con sé. Provai a rilassarmi, a concentrarmi sulle parole e sullo schermo che intuivo fosse alto fino al soffitto, una superficie lattiginosa e cangiante. Immaginai che l'attrice fosse bruna, con il naso aquilino, simile a mia madre da giovane, ascoltai ancora e piú cercavo di trattenere le parole piú quelle diventavano incomprensibili, i suoi singhiozzi mi riempirono la testa, un'onda che mi affogava. Mi venne da vomitare e dovetti alzarmi, passare le cuffie a chi aspettava il suo turno. La Cursi mi chiese se stavo bene, risposi di sí.

Il fatto che i ciechi ci sentano di piú, mi avevano detto, è una cavolata. È solo che i rumori diventano l'unica cosa che abbiamo, il modo in cui ci orientiamo nel mondo. Ci si accorge all'improvviso anche di quelli piú piccoli, di cui il cervello prima non aveva bisogno perché usava le immagini, perché erano le immagini a guidarlo e a dirgli dove andare.

La nausea passò dopo qualche minuto, strinsi il bastone e mi sistemai sul naso gli occhiali da sole, che ormai tenevo su tutto il tempo, tranne quando dormivo.

Ci portarono ad assaggiare un caffè famoso di Torino, in una piazzetta dove finimmo a stare seduti per piú di un'ora. Con il cucchiaino raccolsi sul fondo uno strato di cioccolata fusa che sembrava alcolica, poggiai la tazzina sul tavolo assicurandomi con la mano sinistra che il piano fosse sgombro. Era cosí che si evitavano gli incidenti, quasi sempre almeno, mi aveva assicurato Emilio.

Quella sera mi versai dell'acqua dalla brocca nel ristorante vicino al fiume, i camerieri ci avevano ripreso perché facevamo troppo chiasso. Non feci cadere neanche una goccia, la presa ben salda sul manico della brocca, poi continuai a mangiare la carne nel mio piatto. Chiesi a Diletta, mentre tornavamo in albergo, se per caso mi ero sporcata la maglietta. Ci fu un lungo secondo in cui mi scrutò e io smisi di respirare, poi rispose che le pareva di no, che ero pulita.

Piú tardi, dopo cena, mi stavo mettendo i pantaloni del pigiama quando Diletta uscí dal bagno e disse di fermarmi. Mica andavamo a dormire adesso.

– Come no?

– No, – rispose, – ci vediamo con gli altri nel corridoio all'ultimo piano, non hai sentito prima? Pietro ha portato un po' di fumo, proviamo a salire sul tetto.

L'ascensore era occupato e allora prendemmo le scale ridacchiando, non potevamo rimanere in corridoio a lungo o ci avrebbero beccate. Diletta faceva «shh», ma continuava a ridere anche lei. Quando mi aveva preso per mano, trascinandomi in corridoio, non avevo provato fastidio. Ero cosí felice che mi avesse incluso, che avesse pensato che quella cosa lí proibita potessi farla anche io.

– Vado troppo veloce? – mi chiese. Risposi di no. Continuammo a camminare, il rumore dei nostri respiri affannati e quello dei passi sulla moquette, poi un chiacchiericcio che si faceva sempre piú vicino, finché fui in grado di distinguere le voci di Pietro e Giorgia.

– Ce l'hai fatta –. Pietro sembrava scocciato. Ci esortò a seguirlo in fretta, lo sentii spingere il maniglione antipanico di una porta, allungai la mano per afferrare quella di Diletta ma lei non era piú lí, le mie dita si strinsero nel vuoto. La porta si richiuse e mi resi conto solo in quel momento, quando feci un passo in avanti con l'intenzione di raggiungere la maniglia e uscire anch'io, che avevo lasciato il bastone in camera, accanto al comodino. Perfetto, pensai. Mi morsi il labbro e provai a rilassare la gola. Che stupida sono. Devo portarlo sempre, anche se poi non voglio usarlo, è la regola.

Sapevo che erano piú o meno dieci i passi che avrei dovuto fare per toccare la maniglia, era da lí che provenivano le voci dei miei compagni. Potevo farcela, ce l'avrei fatta. Riuscivo ancora a distinguere tra le luci e le ombre, a riconoscere dove finiva la strada, quando alzare la gamba per arrivare al marciapiede, come evitare di sbattere contro le persone.

Iniziai a camminare, sfiorai la maniglia con le nocche, spinsi proprio mentre qualcuno mi chiamava, dei passi veloci e poi una mano pesante che mi prendeva il braccio, mi tirava indietro e faceva richiudere la porta.

Era successo cosí velocemente che ebbi difficoltà a riconoscere subito la voce di Daniele. Mi aveva vista uscire dalla stanza con Diletta, disse, con un tale affanno che le parole si accavallarono l'una all'altra. Si trovava lí fuori per caso e aveva capito subito cosa stavamo per fare.

– Andiamo Livia, – disse. – Vieni con me –. Daniele mi aveva lasciato il braccio, ma rimaneva tanto vicino che potevo sentire l'odore del dentifricio mischiato al sentore dolciastro di qualcosa che non riuscii a individuare.

– Mi aspettano, – risposi facendo un passo verso la porta. – Vai via tu. Non ho mica paura.

– Che c'entra la paura, – disse. – Tu non capisci. È meglio se torniamo indietro –. Fece una pausa poi aggiunse: – Non hai neanche il bastone –. Aveva un tono calmo adesso, risoluto, come se fosse certo che l'avrei seguito, che non avrei potuto fare altrimenti.

Lo sentii toccarmi la mano, prendermi le dita, strattonarle appena come si fa per smuovere gli animali pigri.

Ebbi l'istinto di allontanarmi, fuggire fuori e raggiungere Diletta e gli altri, lasciare Daniele lí, ma rimasi ferma. Non avrei saputo spiegarlo con chiarezza, al tempo, ma percepivo in Daniele una debolezza in qualche modo somigliante alla mia, un'oscurità che ci accomunava e mi rendeva impossibile allontanarmi davvero.

Feci un sorriso nella direzione della sua voce, per mostrargli che andava tutto bene. – Stai tranquillo Dani. Fumiamo solo un po', poi torno in stanza.

– Hai bisogno di qualcuno che ti aiuti, non ce la fai a camminare da sola.

Scossi la testa e stavo per dirgli che invece si sarebbe stupito, avrebbe dovuto vedere quanto ero migliorata, ma lui aggiunse, con voce ancora piú ferma: – Io lo so perché ti hanno detto di andare con loro.

Intrecciò il suo indice al mio, lo dondolò piano. – Se vi beccano e ci sei anche tu, la Cursi non punirà nessuno. Ecco perché fanno finta di essere tuoi amici. Gli conviene averti lí.

Cercai di fermare in testa le parole di Daniele, di trovargli un senso prima che scivolassero via. – Ma che dici, – mi uscí dalla bocca, non sapevo come continuare. La porta si aprí: – Oddio Livia scusa, – poi Diletta si accorse di lui.

– Gliel'hai detto tu? – ed era chiaro che si stesse rivolgendo a me, il tono spigoloso di chi non riesce a nascondere la stizza. – Gli hai detto di venire?

– Giuro di no.

– Va bene, – sbuffò lei, ma era chiaro che non mi credesse affatto. – Basta che il tuo fidanzato non si mette a fare la spia come al solito, – aggiunse, e mentre Daniele le rispondeva innervosito che non era mai successo, e lei invece diceva che sí, lo sapevano tutti che era un leccaculo dei professori, io scoppiai a ridere e dissi: – Ma non è il mio fidanzato.

Quando nessuno dei due replicò, lo ripetei, a voce piú alta stavolta: – Noi non siamo fidanzati.

Il silenzio che venne dopo durò pochi secondi, ma bastarono a farmi annaspare. Mi trovai a strizzare gli occhi, un gesto antico di quando portavo gli occhiali da vista, nel tentativo ridicolo di cogliere le loro espressioni. Ma Diletta e Daniele rimasero due figure scure, una accanto a me e l'altra a qualche passo di distanza, il viso indecifrabile, i connotati cristallizzati nella versione di loro che ricordavo.

– Quindi sei pure bugiardo, – gli disse Diletta. – Lo sai che dice in giro?

Proseguí senza che dovessi incalzarla.

– Che state insieme e che avete pure fatto sesso, quando veniva a trovarti a casa. Ha detto che era un segreto però, che tu non volevi dirlo.

Quando Daniele provò a interromperla lei gli intimò di stare zitto, lo avrebbe detto a tutti quanto era bugiardo, e mentre parlava sentii le orecchie e le guance diventarmi bollenti.

Provavo una vergogna ingestibile, come se Diletta in quell'istante, con il suo accento forte di Roma Nord e i braccialetti che sentivo tintinnare mentre gesticolava, accusando Daniele stesse raccontando qualcosa anche su di me, una parte nascosta e pulsante il cui svelamento mi parve insopportabile. Daniele aveva la bocca impastata e la voce sicura di prima: – Livia non è vero, non ci credere.

Mi toccò di nuovo le dita. La sua presa era delicata e calda, sentii sotto i polpastrelli la linea frastagliata delle unghie morsicate, le pellicine rialzate. Strinsi anch'io, poi mi girai appena per averlo di fronte, per fare in modo che il mio sguardo stesse nel suo sguardo.

Gli dissi: – Torna in camera –. Mi lasciò la mano, farfugliò. Dissi, ancora: – Non mi piacevi prima e non mi piaci neanche adesso –. Provai a tenere la voce ferma, a combattere il tremolio che sentivo in tutto il corpo.

Lo sentii ingoiare qualcosa, per un attimo pensai che si sarebbe avvicinato di nuovo, che mi avrebbe costretto a seguirlo. Ma andò via senza aggiungere altro, poi il suono della voce di Diletta. – Scappa che è meglio.

Mi chiese se stavo bene, risposi di sí. – Dài allora, – e spinse la porta che si aprí con un cigolio.

– Aspetta, mi sa che ho cambiato idea –. Il tremore nel corpo non si era fermato, lo sentivo nello stomaco, nei piedi che camminarono verso di lei, nella mano che le fece cenno di seguirmi. Non era paura, piuttosto una specie di energia che mi aveva preso anche la bocca dello stomaco, la sensazione che dovessi consumarla tutta.

– Che vuoi fare, – chiese Diletta, ma non protestò quando mi incamminai per il corridoio. La sentivo dietro di me, e trattenne il respiro al primo gradino che feci da sola. Li avevo contati mentre salivamo, dieci scalini la prima rampa, undici la seconda, poi di nuovo dieci. Arrivammo al terzo piano, le dissi di aspettarmi lí. – Fai presto, la Cursi potrebbe vederci.

Feci scivolare la mano sul muro, la nostra porta era la terza sulla sinistra. La chiave elettronica fece *bip*, il bastone era proprio dove l'avevo lasciato, appoggiato al letto.

Di nuovo il corridoio e poi la rampa: – Seguimi, – battendo con il bastone ogni gradino.

La vertigine per aver lasciato Daniele dietro di me, aver deciso di non poter essere sua amica per un istante in piú, e allo stesso tempo il dubbio che quelle bugie non le avesse dette davvero, che avesse ragione lui: Pietro e Diletta mi avevano attirato lí con l'intento di fregarmi.

– Faccio quasi fatica a starti dietro, – disse Diletta, e in fondo non mi importava se stava dicendo sul serio o se mentiva per farmi sentire meglio. Volevo continuare a camminare e basta, fino a che non esaurivo le energie.

Le scale terminarono con la hall dell'albergo, Diletta mi strattonò e sussurrò di fare attenzione, dovevamo stare ferme immobili, in attesa che il receptionist si distraesse. Era faticoso non ridere, l'adrenalina ci aveva fatto sudare la fronte e le ascelle.

– Adesso, – disse, e sgattaiolammo accucciate fino a un altro corridoio, con la mano nella mano senza sapere chi stava portando l'altra. – Di qua –. Avevo sentito una musica lontana, un suono ritmato, mi spostai verso destra per seguirla e quasi cademmo a terra.

– Sei pazza, – disse Diletta riprendendo l'equilibrio, la sua spalla che premeva contro la mia per rimettersi dritta.

– Non ci sono mai stata in discoteca, – dissi.

Fu lei a entrare mentre io rimasi fuori. Aprí una porta e poi la richiuse.

Si sentirono delle voci di adulti che cantavano sguaiati, la musica che esplodeva improvvisa, poi Diletta che tornava e diceva: – È un compleanno mi sa. Vieni, freghiamoci qualcosa da bere.

Qualcuno ci fermerà, pensai mentre ci facevamo largo in mezzo ai corpi sudati e frenetici. Eravamo due ragazzine, e una portava gli occhiali da sole in piena notte e il bastone bianco. Avrebbero chiamato la sicurezza, svegliato i professori, saremmo finite nei guai seri.

– Sono tutti ubriachissimi, – mi urlò Diletta nell'orecchio per sovrastare i bassi delle casse. Qualcuno mi sbatté il braccio contro, sentii un liquido freddo bagnarmi la manica.

– Nessuno si accorgerà di noi, Livia –. Decisi che ci avrei creduto, che finché stavamo lí sarebbe andato bene tutto: la musica forte e il drink che lei mi infilò in mano poco dopo, i suoi gridolini eccitati, il sapore di fragola e le mie braccia che si alzavano, le gambe che assecondavano il movimento del bacino, l'energia che mi passava nelle dita e tra i capelli. All'improvviso un pensiero, tutti mi stanno guardando e ridono di me, ma cercai di combatterlo, di tenere il collo e le spalle sciolti.

– Devo dirlo a Pietro! – l'alito di Diletta sapeva di gin. – Te la senti di rimanere qui per cinque secondi? Il tempo che lo prendo e torniamo.

Annuii, le dissi di andare pure, di non preoccuparsi.

Mi diede un bacio sulla guancia, *ok allora*, e mi lasciò

lí, con il bicchiere di plastica in una mano e il bastone nell'altra.

Aspettai che tornasse la vertigine, quel senso tremendo di spaesamento, il mal di testa feroce, ma non accadde nulla. Mi tolsi gli occhiali da sole, li infilai nella giacca, sentii i capelli battermi sulla schiena mentre muovevo la testa a ritmo.

Va tutto bene, pensai, e non poteva essere altrimenti: sotto le palpebre, in mezzo ai lampi riflessi dalle luci stroboscopiche, tra i fulmini di verde e rosso e blu impressi sulla retina e i puntini grigi che tempestavano il fondo dell'occhio, mi parve di scorgere me. Ero proprio io.

Epilogo

In primavera il giardino del centro si era riempito di pollini.

– Sembra un mare bianco, – disse la segretaria. – Non riesco a smettere di starnutire –. Poi aggiunse che Emilio aveva avuto un contrattempo e mi aspettava nel dormitorio. Non c'ero mai stata prima, Tiziana mi spiegò come arrivarci attraversando il giardino e seguendo il percorso tattile, avrei dovuto citofonare e aspettare che qualcuno mi aprisse.

Il polline mi entrò in gola e mi pizzicò il naso, avevo gli occhi pieni di lacrime quando Emilio, da una delle finestre in alto, urlò di salire fino al terzo piano.

– Sei venuta davvero –. La sua voce rimbombava nell'atrio, e piú su sentivo i passi e le risate di qualcun altro, chissà in quanti abitavano lí dentro. Avevo voglia di abbracciarlo, raccontargli tutto subito, mi trattenni. – Certo che sono venuta.

– Pensavo che non ti avrei piú vista, – disse. – Tuo padre e tua madre si sono arrabbiati molto l'ultima volta, soprattutto tuo padre –. Non aveva una voce pentita, ma gli dissi comunque che non doveva preoccuparsi, se n'erano già dimenticati, anche se non era vero.

– In genere non faccio entrare qui nessuna delle persone che seguo, ma oggi si può fare un'eccezione –. Provai a ignorare la punta di gelosia che avvertii alla notizia che fosse il tutor anche di qualcun altro, che non fossi stata l'unica a seguire i suoi esercizi, a percorrere con lui il giardino da una parte all'altra, per giorni.

– Tieni, soffiati il naso, – mi porse un fazzoletto e si mise a fare il caffè. La casa odorava di bucato, il profumo di cui erano impregnati i vestiti di Emilio, e anche i rumori che faceva mentre svitava la macchinetta, sbatteva il filtro nel secchio per pulirlo, avvitava il beccuccio e lo metteva sul fornello, anche quelli mi parevano familiari. Avrei potuto riconoscere con certezza che erano i suoi, che si trattava proprio di lui, e mi domandai se fosse per la cecità o per altro, se in fondo non fosse normale riconoscere i suoni che fanno le persone a cui vogliamo bene.

– Ci vuoi lo zucchero?

Ne mise due cucchiaini, lo girai piano. – Fa caldo, – dissi. Il sole mi batteva sul braccio, tirai su le maniche e piegai il collo all'indietro finché la luce mi toccò la faccia.

– Mi dispiace, in casa c'è un casino, – disse. – Anche se per fortuna nessuno qui può vederlo.

Aspettai che finisse di parlare, fremevo dalla voglia di raccontargli cosa era successo in gita, la gioia che avevo provato, la sensazione che tutto per me fosse possibile.

– Sto facendo le valigie, – disse. – Me ne vado per un po' a Treviso da Isa, cosí finisco la tesi con calma –. Mi scappò dalla bocca uno sbuffo, che cercai di trasformare in un'esclamazione di sorpresa. – E per quanto?

– Boh, penso fino a settembre –. Sbadigliò. – Oggi in realtà non facciamo lezione, volevo solo salutarti.

Se ne va perché l'ho fatto stancare, pensai, si è stufato di stare qui per colpa mia.

Allora glielo raccontai, della gita e di come avevo camminato bene, con il bastone e tutto, del fatto che ero scappata dalla stanza di notte e avevo ballato.

Temevo che avrebbe risposto in modo sarcastico, che mi avrebbe rimproverato per essermi lasciata attirare fuori dalla stanza, dimenticando il bastone e mettendomi in pericolo, invece disse solo: – Bene.

Bevve il suo caffè e sciacquò la tazzina, aprí la finestra per fare entrare l'aria, ripeté: – Bene, – poi aggiunse: – Quest'estate hai da fare?

Aggrottai la fronte. – Non ci ho ancora pensato.

Diletta mi aveva proposto di andare con lei e i genitori all'Isola del Giglio, per qualche giorno a luglio. Stavamo spesso insieme, adesso.

– Se non fai nulla puoi stare qui per un po'.

– Qui?

– Ci sono dei corsi estivi. Sport, canto, anche aiuto compiti. Potresti dare una mano con le lezioni di atletica. Sei forte a correre, no?

– Non lo so. Ero forte prima. La retinite è peggiorata –. Mi venne fuori una risata nervosa, perché quella parola ad alta voce, *retinite*, non l'avevo detta mai. – È tutto sempre piú ridotto, – dissi cercando di riunire le idee, per spiegare a lui e anche un po' a me. Appallottolai il fazzoletto nella mano. – Degli oggetti a volte riesco a scorgere solo un punto, piccolissimo.

Lo sentii sistemarsi sulla sedia. Immaginai le sue gambe accavallarsi sinuose, come se dentro non avessero ossa. Si schiarí la voce.

– Penso che il tuo aiuto qui sarebbe prezioso. Hai tempo per decidere, promettimi che ci penserai.

– Va bene, ci penserò.

Per qualche secondo ci fu solo il rumore della centrifuga, nell'altra stanza, e quello di una palla che rimbalzava nel cortile interno.

– Mi scriverai in questi mesi? – gli chiesi.

– Credo di sí. Magari, ogni tanto.

Poi mi sembrò che si spostasse dell'aria, come se si fosse fatto piú vicino.

Aspettai che la sua mano toccasse la mia, ma non successe, disse solo: – Dimentica quello che ho detto su quest'estate. Va bene? Non c'è bisogno che vieni qui. Tu puoi fare tutto quello che vuoi.

Sentimmo girare le chiavi nella toppa, entrò in casa uno

dei coinquilini. Ci salutò di fretta, prese delle chiavi sul tavolo, tintinnarono, uscí subito.

– Me ne vado pure io allora, – dissi alzandomi in piedi all'improvviso.

Emilio non mi fermò, anche lui doveva andare per finire di prepararsi, il treno ce l'aveva all'alba dell'indomani.

Ci salutammo con un abbraccio impacciato, e fu solo dopo, quando stavo già attraversando il giardino del centro, con gli alberi bassi gonfi di fiori, che ebbi un pensiero chiaro, assoluto: Emilio non sarebbe tornato. Mi bruciò lo stomaco, ma non rallentai il passo.

Se in quel momento qualcuno mi avesse visto da fuori, ci posso giurare, non avrebbe notato il minimo tentennamento.

Ringraziamenti.

Mai avrei iniziato, scritto e finito questo libro senza Raffaella Lops. Ringrazio il centro Sant'Alessio, che mi ha fatto sentire accolta e mi ha permesso di sbirciare e domandare. In particolar modo Marco, per la sua amicizia e fiducia. Il dottor Lavia per le sue risposte pazienti sulla retinite. Il racconto *Un paio di occhiali* di Anna Maria Ortese, che mi ha lasciato intravedere Livia per la prima volta e da cui ho rubato la parola che dà il titolo al libro. La casa editrice Einaudi tutta, Paola Gallo e Angela Rastelli per averci creduto da subito e Matteo Fontanone, grande lettore e problem solver. Emanuele Altissimo, e la sua generosità. Marzia Grillo, tra le mie prime lettrici. Emiliano Poddi, per le sue parole di incoraggiamento. Sara, con me dall'inizio. I miei genitori Isabella e Mino: se scrivo è perché ci siete voi. Le persone di piazza Mancini e quelle del Pigneto. Hal, Iris, Alberto, miei amati compagni di ballo, e mia sorella Costanza, che sono stata cosí fortunata da incontrare tanto presto nella vita.

La citazione di Miriam Toews in esergo è tratta da *I miei piccoli dispiaceri*, trad. it. di Maurizia Balmelli, Einaudi, Torino 2022.

I versi recitati da Emilio a p. 139 sono tratti da Publio Ovidio Nasone, *Le metamorfosi*, trad. it. di Guido Paduano, Einaudi, Torino 2022.

Indice

Prima parte

La notte delle tartarughe

Seconda parte

Labbra bordate di rosso

Stampato per conto della Casa editrice Einaudi
presso ELCOGRAF S.p.A. - Stabilimento di Cles (Tn)
nel mese di ottobre 2023

C.L. 25903

Ristampa						Anno			
0	1	2	3	4	5	2023	2024	2025	2026